十年幸福

十年幸福

〔德〕周仲铮 著
卢居琴 译

中国少年儿童新闻出版总社
中国少年兒童出版社
北 京

你啊，那个弹奏月琴的人儿

前言

《十年幸福》是我写的另一本书《小舟》的续篇。《小舟》记载了我对青春年少时代的回忆，它饱含着一位中国女性的泪水和呐喊。

这位女性曾想走上一条与中国传统旧式妇女截然不同的道路，曾想通过自身的不懈抗争过上一种全新的生活。但是很遗憾，我最终没有实现这个理想。这条先驱之路上荆棘遍布，障碍重重。孤独无助的我，无奈途中投降放弃。现在新中国开启了妇女解放的道路，就让过去的那些呐喊和泪水作为我生命里最宝贵的记忆，留下来吧！

目录

第一章

热栗子，热栗子，刚出锅的热栗子

圣米歇尔大道上，炒栗子的香味飘在空气中。卖栗子的小贩卖力地吆喝着，试图吸引过路行人的注意。他时不时掀开沉沉的铁锅盖子，翻炒几下锅里的栗子，然后继续大声喊：

“热栗子，热栗子，刚出锅的热栗子！”

这就是那条圣米歇尔大道。轻烟袅袅，香气四溢。在这条大街上，叫卖热炒栗子的小商贩并非只有一家。假若我能够不受其诱惑，心无旁骛地走过第一个摊位，再走过第二个摊位，那等到我看见第三家时，就会忍不住停下来，花半法郎买几颗刚出锅的热栗子。栗子的个头很大，但并不是很甜。一颗热乎乎的栗子顺口沉入肚里，着实安抚了我那空空的胃。我顺着圣米歇尔大道来来回回地溜达。在这条街上，一下子看到这么多欧洲面孔，我感到很新奇。在我看来，他们大多是法国人。很多法国女人漂亮得就像精致的洋瓷娃娃。她们的鼻梁直挺，嘴唇和两腮红润，长长的睫毛下，一对蓝色的大眼睛如同两股波浪，左右跳动。我想，我若是一个男子，肯定会爱上这些法国姑娘的。和漂亮的法国女人不同，法国男人则让人捉摸不透，他们的脸就像一面墙，毫无表情。他们的讲话态度和思维方式应该比墙还要冷硬。如果我是一个地道的法国人，会不会能更了解他们一些呢?

这些法国人步履匆匆地穿过圣米歇尔大道。那些漂亮的法国姑娘一眨眼就从眼前疾行而过，我不得不用敏锐的目光打量着她们。我信步在圣米歇尔大道上，我是如此喜欢听那叫卖声："热栗子,热栗子,刚出锅的热栗子！"轻烟袅袅，香气四溢。我那时还在法语联盟读语言班。下午放学后，我和同学们一起到卢森堡站等候去郊区的班车。每次我们都会在圣米歇尔街区逛上一圈以后，才坐车回到住处。

那时我们一行四个年轻人。两个男生：雄飞和老童；两个女生：我和何晓。我们四个一同从中国坐船到法国，又转乘PLM火车（法国的一种私营火车）来到巴黎。我们都在阿尔克伊－卡尚区租房住。每天早晨，我们一行四人乘坐城郊直通车到卢森堡站下车，然后步行穿过卢森堡公园、雷斯街，一直到拉斯拜尔大道。我们就读的法语联盟就坐落在这里。

我在法语联盟本来并没有用功学习法语，但是我很幸运，有一个法国女老师特别好。她个子不高，待人亲切和蔼，说话轻柔、缓慢，吐字非常清晰。班上并不只有我一个人为她痴迷，所有的学生都很喜欢她。有时候，我会看到有男生送花给她。她上课时提问我："周小姐，下雨时人们会带什么在身边？"

"雨伞。"我说。

"那下雨时，牧羊女会带着什么呢？"

"一只羊。"

"正确！周小姐，你对巴黎有什么印象？"

"匆忙。"

"是的，在巴黎，人们的确总是急匆匆的。周小姐，你的回答好极了。"

我运气一直不错，总能应对自如。但我不喜欢语法课和语音课，所以我很少去上这两门课。中午我们四个经过卢森堡公园逛到火车站，再坐火车去阿尔克伊－卡尚，那儿有一家膳宿公寓，我们一般都在公寓餐厅吃午饭。午饭后我们就原路返回法语联盟，接着上下午课，大概五点钟下课。每天这样坐火车加步行往返两次，让我们很兴奋，当然也令我们有些疲劳。两个月里，我的体重从四十八公斤降到了四十二公斤，我的两条腿也初次学会迈着像法国人那样的步伐，健步如飞。

那段时期的我是多么幸福啊！我走啊走，笑啊笑，是四个人之中最快乐的那一个。有一次，有一个女友和我们一起穿过卢森堡公园，她对我说："你就像旷野上肆意开放的小花，而你的女伴则像被精心照料的高贵的花。"我是一朵小野花！我是一朵从文雅的土壤里生长出来的狂野的小花！她无论如何都想象不出，我其实是来自一个多么高贵而又重视教养的家庭，但我在那个家庭里却很少有大笑的时候。

膳宿公寓的午餐时光也给我带来了很多快乐，每个人都熟悉我的笑声。上了年纪的老板娘亲自下厨为客人们做饭烧菜，她总爱叹息着说："现在的这些年轻人呀！这些年轻人！"我在法语学校学了一个名词"Cordon-Bleu"，意在夸奖别人的厨艺好。我把这个称号献给老板娘，她听后非常开心，后来经常给我们做饭吃，她做的饭实在是太好吃了。"你们知道吗？以前有一个中国人也是我们公寓的客人，在我这儿吃住了十年。”她边帮我们上菜，边自豪地说。

我在巴黎的那段时间正是风景如诗如画的晚秋时节。我们四个人有时会逃下午课，吃完午饭后直接去散步。秋日里，漫步在阿尔克伊－卡尚的感觉实在是太美好了。大地尚披着浓浓的绿装，我们走啊走，一直走到几乎看不到任何一处民居的地方。路边的杨树演奏着它们的秋之曲。明媚的阳光一会儿照在我们的脸上，一会儿又洒落在我们的背后。阿尔克伊－卡尚的气息和阳光一下子就包围了我，让我回到童年记忆里的南方。我呼吸着这份自由，为了得到它，我违背了父母的意愿。我呼吸着这份爱情，我自认为已经找到了它。我多想就这样无休无止地走下去，我沉浸在幸福之中。

那时，我除了在法语学校上课，私下里还跟着一个俄裔法国人学法语，每周三次。这个老师满头白发，胖胖的。那时我还察觉不出她讲的法语带有俄国口音，我当时一门心思想要迅速学好法语，以便尽快通过法国巴黎自由政治学堂*的入学考试。上课的时候，这个俄国人会向我讲起她曾在俄国

* 巴黎政治学院的前身，是法国著名的政治和行政管理类学院，为法国培养了大量的政治精英。——译者注

的生活，一遍遍重复说："我很穷的。"我总是去她家里上课。有时候我刚到她那儿，她会问我要不要和她一起去买东西，这样我们也可以在路上用法语对话。我不喜欢这样，但我还不会用法语委婉地拒绝，所以就只能和这个手里拎着牛奶壶、胳膊上挎着购物袋的俄国胖女人一起上街去买东西。她一路上不停地和我说话。在商店里，她指着那些商品告诉我，怎么用法语称呼它们。买完东西后，我们一起走回她家。一路上，我得帮她提着盛满了牛奶的大壶，她手里的购物袋已经够沉的了。到她家后，她一般还会再给我上够半小时的课。

除了学法语，我还在学弹钢琴。我儿时一直梦想着能和姐姐一起师从一位英国淑女弹奏钢琴。现在美梦终于成真了！我太喜欢弹钢琴了！就连那单调的音阶练习都能让我憧憬美好的爱情和满满的幸福，但我的内心深处总有些淡淡的忧郁。我觉得很孤独，也有些迷茫。我对远在中国的那个家没有太多留恋，可为什么我拼命离开了那里，来到了巴黎，

右图：在回家的路上，我为她拎着装满牛奶的奶壶。

却依然觉得孤独和迷茫？每当我弹琴时，丝毫感觉不到时间的流逝。除此之外，时间过得像蜗牛爬一样缓慢，令我难以承受。

日子单调无聊地过了一天又一天。晚上我躺在床上读报，大量的中文报纸被我看完后顺手扔在了地上。很快，地上的报纸就堆得像潮水一样，围绕着我的床。到了深夜，我有一种感觉，那些报纸仿佛苏醒了，沙沙沙，相互说着悄悄话。木地板、衣橱和桌子有时也发出嘎吱嘎吱的声音。我很害怕，怕会有幽灵或老鼠出现。终于，根本不曾出现过的老鼠摧毁了我的神经，我开始夜夜失眠。我多么希望这世上根本就没有黑夜的存在，这样我就不必再担惊受怕。或许也是因这害怕，晚饭后，我常常在雄飞和老童那里待一会儿。他们也住在卡诺大街。他们住的房子有些小，而且低矮。房子一楼有两个相通的房间，雄飞的房间靠近街道。房间里，两扇小窗的窗台很矮，都不及我高。

去他们那儿，并不完全是我的主意。我们四个人习惯在膳宿公寓的餐厅吃完晚饭后，就返回住处。两个男生是住在一起的，而我们两个女生是分开住的。但老童总是说："一起走吧，去我们那儿坐坐。"老童新婚不久，所以并不像未婚青年那样羞于主动邀请女孩子。雄飞就从来不提这样的建议，我很感谢老童的邀请。如果哪天老童没有邀请大家去他们那儿聊天，那也不意味着那个晚上我得独自度过。时不时会有在巴黎的同学来找我，有时何晓也会在我那儿多待一会儿。我们先在我的住处待会儿，然后我提议说："咱们一起去找雄飞和老童吧。"他们的住处离我只有几房之隔，我已经看到不远处雄飞的窗户里透出的灯光。我走上前，用手轻轻敲着窗台，雄飞从里面打开窗户，一看是我们，便说："我去给你们开门。"站在窗外，我可以看见墙上挂着的月琴。有时雄飞会迟疑不决，甚至说："你们可不能待太久。"老童听见了，就会走到窗前，热情地说："快请进来！不用担心。晚了，我会送你们回去。"事实也是如此，每次结束后，都是两个男生陪着女生回各自的住处。我并不是有意要在他们那里待很久，但每当我们四个人一起聊天时，时间就过得飞快。爱聊天、喜欢热闹的老童总挽留我们女生多坐一会儿。他不仅毫不理会雄飞的想法，甚至还这样劝他："明天再学，今天和我们一起聊会儿，咱们四个远在异乡为异客，在这儿人生地不熟的，咱们得团结。"老童很风趣，讲话也很有意思，但我的心思却一直在雄飞那儿。雄飞大部分时间都很沉默，不吱声。我跟男生们描述我夜里因害怕而难以入睡，雄飞听了说："你都不知道我们夜里是怎么熬过来的。我们的女房东年事已高，又病入膏肓，躺在床上日夜呻吟已经有好几天了。你们想象一下，无论白天还是夜里，听着这个病人的呻吟声，得有多可怕。我们夜里完全睡不着觉。现在她死了。"

我很喜欢晚上去雄飞和老童那儿闲坐聊天，这样的闲聊常常抚慰了我孤独的心灵，令我感到愉快。

我渐渐适应了在巴黎的生活，更准确地说，适应了在阿尔克伊－卡尚的生活，甚至感觉自己越来越幸福快乐。可这样的生活却突然结束了。父亲拒绝了我留在巴黎读书的请求，让我按原计划去爱丁堡上大学。我不得不整理行囊，孤身一人穿越海峡去爱丁堡。我刚刚找到的那点幸福与快乐，只能留在巴黎了。

奔驰的火车把我从法国的北站载向加来，在加来我再转乘轮船渡过海峡。我晕船晕得厉害，难受极了，懊悔自己没能留在巴黎。船到多佛尔，下船后，我坐火车到伦敦。幸运的是，我以前在南开的老同学宁师兄按照事先约好的来火车站接我。宁师兄在南开读书时努力上进，是个有抱负、有天赋的学生。他曾在校刊上发表激进文章，由此引发了校园里一场真正的罢课行动。他亲自来接我，令我很开心。

直到坐进了出租车，我才发现，自己把伞落在火车上了。宁师兄大笑着说："这太典型了，女人总是会忘记自己的雨伞。在英国的失物招领处，大部分丢失的物品就是雨伞。丢就丢了，别担心。你会再找回你的雨伞的，英国的公共秩序很好。"

宁师兄很风趣，待人热情友好，而且非常乐于助人。一连两天，他都陪着我游览伦敦。他说："伦敦的一切都是灰暗的。天总是阴的，房子都是暗色的，而且外墙颜色越暗的房子越受人喜爱，接近黑色的才好。英国人喜欢老的、旧的东西。伦敦的冬天白天很短，差不多午饭过后，天色开始变暗，黄昏就开始了。伦敦的雾是最有名的，你从外面走一圈回到屋子后，须赶紧把鼻子擦干净，不然它就会变成黑色的了。"逛完伦敦，宁师兄把我送到火车站，给我买了一大块果仁巧克力，还有报纸杂志，看着我坐上开往爱丁堡的火车。火车得开整整一天呢！上车前他还告诉我，有一位韩小姐会到爱丁堡火车站接我。她很高兴能结识我，也愿意竭力帮助我。

现在，火车驶向爱丁堡。我是车厢里唯一的外国人，我在一群英国人中间坐下来。英国乘客全程不和周围的人聊天，每个人都在埋头读书看报。车轮滚滚，奔向前方。我的心却飞回了巴黎，飞回了阿尔克伊－卡尚。是否会有人在阿尔克伊－卡尚想念我，是否会有人在那儿期盼着我的归来？我一点儿都不喜欢这列把我带向爱丁堡的火车。

将近傍晚时，火车到站。韩小姐来站台接我，她也是我在南开的一个老同学。她帮我在一个英国人家里找到了一个房间。房间极大，但里面很冷。屋内摆着老式家具，光线昏暗。韩小姐不仅是我在南开的学姐，还曾给我上过体操课。与我在爱丁堡重逢，令她十分兴奋。“你能来，我太高兴了！”她说道，“就我一个人在这儿，好寂寞。爱丁堡没什么好玩的，但可以让人静下心来读书。现在你来了，我们就可以共同生活学习。明天我带你去参观校园。”

房间里太冷了，韩小姐教我怎样往煤气炉里投硬币来取暖。我得不停地向炉里投硬币，不然暖气一停，房间里就冷得受不了。我不喜欢挨冻，可是也不愿意没完没了地往炉子里扔钱。我沮丧极了，韩小姐还在继续不停地讲她见到我是多么开心。我来了以后，终于有人可以分担她的寂寞和孤单。而我却因为寒冷一再缩紧自己的身子。我的身体是冷的，我的内心也感受不到一丝我曾在阿尔克伊－卡尚找寻到的温暖。我原本指望可以靠着这一丝温暖在爱丁堡待下去。

我的思绪一次又一次飞回阿尔克伊－卡尚，可惜韩小姐并不真正懂我。

女房东送来了晚饭：一小块烤鱼、黄油，还有冰冷的硬面包。我选择继续挨饿。韩小姐接着告诉我，十点钟会有人送茶点和行李到房间。唉！今夜以及接下来的夜晚，我都得忍受着饥寒，怀着对巴黎的思念入眠了。

第二天，韩小姐带我参观大学校园和爱丁堡的老城堡。我们无论走到哪儿，都是又阴又冷。韩小姐一直试图说服我留在爱丁堡读大学，最后我问她："爱丁堡大学的政治学专业怎么样？"她回答道："如果要学政治学的话，爱丁堡大学的确算不上一个好去处，但它的文学院还是非常好的。"

"不，我今后想要从政，成为一名女外交官。我一定要选政治学专业。"我坚定地说道，暗自还有些高兴，觉得或许可以借这个理由去说服父亲不要逼我在爱丁堡留学。

星期天到了。我坐在冰冷阴暗的房间里等着我的午饭，可是没有人来送饭，也没人在房子里。我走到街上去找饭馆，可是没有一家餐厅开门营业。我想随便买些什么吃的果腹，可是所有的商店都关着门！我回到住处，愤怒地坐在房间里。这是什么破地方！这是什么样的生活！我又开始怀念在阿尔克伊－卡尚的美好时光了，开始想念我在那儿的同学们。这个时候，他们正享用着可口美味的周日午餐，以及那香喷喷的饭后甜点——奶油蛋糕。可此时的我却只能满腹相思，饥肠辘辘、浑身发冷地坐在这儿。不行，绝对不能这样生活！更何况在这儿也学不到好的政治学。我不能留在爱丁堡！不管韩小姐对我多么友好，也不管她一个人在这里多么孤单寂寞，我必须得回巴黎。我要再给父亲写封信恳求他。一个平日里没有阳光，周日没有午餐，大学里又不设政治学专业的地方，我是坚决不能留下来的。

主意已定。傍晚时分，房东回来了，我对她说："我不想留在爱丁堡了。这个房间您可以出租给别人，我要回巴黎去。"因为房东已经预收了一个月的房租，所以她并没有为难我。

晚上，韩小姐来了，房东告诉她我的决定。韩小姐抱歉地说："我忘记告诉你了，在爱丁堡，周日所有的商店、餐厅都不营业。唉，我怎么就没记着要提醒你呢？太可怜了，你一天都没吃饭。房东告诉我说，你不想留在爱丁堡，要回巴黎。这实在是太遗憾了。你再好好考虑一下，如果我们俩在一起就不会觉得孤单，就能一起好好学习。英语对你来讲也不难，你很快就能拿到大学的录取通知书。我来这儿才一年，用英语交流已经没有任何困难了。你若是回巴黎，还得辛苦努力学法语，得很久才能进大学读书，白白浪费许多时间。另外，英语还是比法语更实用，如果我是你，我会慎重考虑的。我们还有一个老乡，他在爱丁堡读政治学，我们可以去找他，请他跟你聊一聊，你就会看到，其实你在爱丁堡一样可以学好政治学。我去告诉房东，就说你还要考虑考虑。”我的确又反复考虑了，然后告诉房东说，要继续住下去。她听后脸上没有任何表情。也是，我或留或走，跟她又有什么关系呢？她到底是无所谓的。

很快，两天过去了。我一个人走在田间的煤屑路上，一切都是那么令人伤感，尤其是再与在阿尔克伊－卡尚的田间散步相比。我该留下来吗？我真的要把自己那刚刚找到的爱情萌芽埋葬在这片寒冷寂寞与孤独里吗？如果雄飞在这儿又会怎样？雄飞才不会来爱丁堡呢！在这儿，我只会感到寂寞。自从我告诉韩小姐我要回巴黎的想法后，她对我也不像刚见面时那么热心了。其实最终，对于我是留还是走，她也无所谓。我还是得回巴黎，我得说服父亲同意我的决定。

一天晚上，我告诉房东：“我决定要离开这儿了！”

她嘟囔着，声音有些大，看似对我讲，实际上更是对她自己说："中国女孩和英国女孩没有什么区别，一样都爱变来变去，总是这样反复无常。"

我终于离开了爱丁堡！

我内心无比喜悦，现在我可以追随我的心，去向阳光、去向温暖、去向欢笑和爱情所在的地方。

我和宁师兄在伦敦又见了一次面，他看着我说："你们女人总是这么善变。我老家有个说法，女孩子的心思总是变来变去的，在她成年前，至少要变十八次，等到她上花轿前，她的心思还会变一次。"

其实韩小姐和宁师兄都不知道我内心经历了什么。踏上返回巴黎的旅途，在漂泊的船上，在行驶的火车上，我的心中溢满了幸福和甜蜜，那就像回家的感觉。我的同学们、阿尔克伊－卡尚、法语联盟、卢森堡公园、圣米歇尔大道，我终于又能见到你们了。

热栗子，热栗子，刚出锅的热栗子。

第二章

小鸟的父母陪伴着它们一起嬉戏

再次回到了阿尔克伊－卡尚，我是多么开心幸福！我要跟同学们讲讲我的新见闻。但我内心所经历的，他们绝对不会知晓。

我再次给父亲写信，并在信里恳求他允许我留在巴黎上大学。最终他答应了我的请求。亲爱的父亲，我是多么感谢您。我一定要勤奋努力学习，争取尽快学会法语。因此，我应该搬出旅馆，住到法国人家里去。这样，我就有更多的机会练习口语。我现住旅舍的女房东帮我找到了一间房，房东是阿尔克伊－卡尚区幼儿园的女园长，我踏实地在阿尔克伊－卡尚待了下来。女园长是一位稍微上了年纪的单身女士，她有一所带小花园的房子，幼儿园就设在房子里。另外，她也当我的法语私教。还有一个帮手和女园长一起看管孩子，这个帮手是个老处女，她也住在园长的房子里。小房子的二楼有一个配置了家具的小房间，这曾是园长的卧室，现在出租了出去，我就住在这间屋里。如此一来，我不仅是园长的房客，也成了她的学生，她教我法语和弹钢琴。中午我像从前一样，在膳宿公寓吃午饭。早晨和晚上，我可以在自己的房间里泡杯茶喝。房间很小，仅能放得下一张简单的单人床，一个没有镜子的衣柜，但有一面小镜子挂在墙上，壁炉依墙而建。一张放在房中间的圆桌上铺着一块线钩的桌布。当初我来看房时，觉得那块漂亮精致的桌布像太阳一样照亮了整个房间。也是它打动了我，让我毫不犹豫地租下了这个房间。

我搬进了新居。

每当我踏进房间，看到那块桌布时，我的心情就会好起来。

至于那个幼儿园园长，我觉得她并不是热情友好的。她很严肃，中等身材，相当胖，红脸庞。当她激动时，脸就会变得格外红，她总爱激动。她红色的脸庞上有很多深深的皱纹，看上去就像脸没洗干净一样。她有棕色的眼睛，浓密的红发。她说话的声音干巴尖锐，听上去不是很悦耳。她嘶哑的声音听起来就好像她的气管很窄，必须要用很大的力气才能将一丝声响挤过喉咙，但还没挤到头就折断了。她的嘴很小，她每要说话时都嘟着嘴，以期能发出大声。但很可惜，她的声音依旧十分尖锐。我就住在这样一个女人家里，还要跟着她学习法语。

清晨，我还躺在床上时，门铃被一次又一次地按响，妈妈们不断把孩子送来上幼儿园。花园里一下子挤满了孩子，他们大声喊叫着，声音一个比一个响，就像一群蜜蜂在嗡嗡作响，孩子们的喊叫声中掺杂着园长和女老师的声音。突然，园子里一下子安静了下来。我起床到窗边查看，花园里的孩子们都不见了，只有我窗外的那棵老树摇晃着枝头，四周寂静无比。一个小时后，孩子们从教室里出来，像要离巢的小鸟般四处飞奔，小花园里又变得热闹起来。接下来，要么女老师带着孩子们在花园里做操，要么园长教孩子们唱歌。霎时各种声音充斥在耳边：园长特有的喇叭声，女教师那听上去低沉、浑厚的声音，间或夹杂着孩子们小鸟似的叽叽喳喳声，一会儿聚在一起，一会儿又在教室各处。如此一直喧哗到中午十二点，妈妈们把孩子们接走后，花园里才又恢复了宁静，我也得到了安宁。

女教师大约四十岁，她身材矮瘦，脸色苍白，有一头深色的头发，嘴唇上的汗毛比较浓密，棕色的大眼睛里时常流露出游离的眼神。她惜字如金，只有在她认为必要的时候才开口讲话。她的脸上从无笑容。我敢断定，她绝对不是一个幸福的人。我向园长打听她的情况，园长回答我："请你不要去打扰她。她的命运很悲惨。年轻时，她的未婚夫欺骗了她，她难过得曾要轻生。"经过园长如此提醒，我再见到女教师时，就只向她简短招呼，如早上好、晚上好而已。

园长教我法语，还给我布置作业，我得像个小学生一样，认真完成家庭作业。上钢琴课时，她教我弹唱法语歌曲，比如：

六月刚刚苏醒，
我们步入森林，
来把莓果寻觅。
那鲜红鲜红的莓果啊，

右图：我起床，朝窗外望去。

瞬间把我的小筐装得满满当当。

又比如：

春天来了，

小鸟在春光里飞来飞去。

它们快乐地飞翔着，

小鸟的父母陪伴着它们一起嬉戏。

园长边弹边唱。我站在她旁边和着她那刺耳的尖嗓，略带郁闷地小声哼唱。难以置信，在家被严令禁止大声唱歌的我，现在在这里像一个小孩子一样学习唱歌："小鸟的父母陪伴着它们。"园长不断纠正我："一起嬉戏。"

在这个女人之家，除了园长和女教师，还有一个声音存在，这个声音来自一只黑色的狗。黑狗是女教师养的宠物。每天晚饭后，她把小狗抱在膝上，和它亲热，同它没完没了地讲话。等到晚上，她就带着小狗回自己卧房，小狗也睡在她床上。

在阿尔克伊－卡尚，只要天气好，我们四个就一定会一起去散步。有一天下午，天气晴好，老童提议大家租脚踏车骑行到远处。我们四个人租了两辆脚踏车。何晓还不会骑，所以老童和雄飞负责教她。我一个人抬腿上了脚踏车，就往前方骑。街道不是很宽，我稳稳当当地顺着街边蹬着脚踏车。等我发现自己骑得太远，已经看不到同伴时，就掉头往回骑。可是这条街的斜坡很陡，我的脚踏车不受控制地自己往下坡滑。我开始害怕起来。这时，恰巧有辆汽车从对面开过来，好像马上就会撞到我和脚踏车。“不行！”我心里一惊，立刻迅速往街边骑，结果，脚踏车撞到了街边的石头，我瞬间就失去了知觉。

等到我渐渐恢复一丝意识时，发现自己坐在街边的长凳上，周围站满了高高矮矮的法国人。我听见一个声音说：“我看见她躺在下坡那里，还以为她死了。”我试着让自己清醒过来，却再次昏睡过去。我不明白我怎么会一个人坐在长凳上，而这些围在我身边的人又是在干什么？怎么回事？发生了什么？我到底是在哪儿？难道我真的还没有死？在这群人里怎么没看到我的家人？我的父母在哪儿？我的兄弟姐妹又在哪儿？

我开口问：“我这是在哪儿？”

何晓回答我说：“我们在法国。”

我不明白我怎么跑到法国来了。多么可怕！独自一人在法国！我现在要死了吗？我又一次失去了意识，只听见从遥远的地方传来一个声音："快叫医生。"

我再一次有了一些意识，感觉到有冰冷的水喷向我的脸。我醒了过来，听到有人说："好了，好了，现在她活过来了。"我发现自己躺在一个陌生的房间里，身下是一张硬邦邦的桌子。同学们齐齐站在我身边。

我再次问道："这是哪儿啊？"

何晓答道："这还是在阿尔克伊－卡尚。咱们骑车时你出了事故，摔在马路边的石头上，然后就昏厥了。"

我渐渐搞明白了所发生的一切，我现在并没有在中国，没有在我父母的那个家里。我漂洋过海来到法国，这几个同学目前是我身边最亲的人。我的天！我竟然和死神擦肩而过！我父母若得知此事，不知会有多么担心！

我终于恢复了全部意识。医生询问我哪里还疼，我说："右胳膊有些疼。"因为我还不能自己走路，所以大家为我叫了辆出租车。我两腿发软，只能被同学们搀扶着坐进了出租车。雄飞也一同上车送我回住处。到了住处，他去按门铃，女教师出来开门，眼睛睁得大大的，惊问道："你这是怎么了？"

我还没走到花园，园长已经出来了，也吃惊地询问："哎呀，你出什么事了？"

"不是很严重。"雄飞看不惯她的言行，不耐烦地答道。

我吃力地上了楼，走进我的房间，躺到床上去。雄飞开始向园长讲述事情的经过，园长并未向我表示过多的同情。她肯定认为我们平时已经闲逛得够多够远的了，为什么还要再骑脚踏车呢？

当晚雄飞为我买了面包，还留下来陪我坐了一会儿。他走之后，我思绪烦乱，开始浮想联翩。夜里我做了个梦，梦见自己好像死了！我的棺材竟然刚好可以穿过幼儿园那窄窄的门，被抬了出去。第二天清晨，我醒来后透过窗户一直盯着花园的那扇门看，心情变得相当差。我的右胳膊又疼了好长一段时间才康复。自发生这次事故后，我再也没有骑过脚踏车。

有一天我写字时不小心打翻了墨水瓶，桌布被墨水浸湿了一大片，我马上喊来园长，问她怎么办。园长一看到那被弄脏的桌布，霎时急得满脸通红，气急败坏地扯下漂亮的桌布对我说："这块桌布很贵，你必须付钱赔偿。"

这之后，她再也没有给我更换新桌布。我的桌子光秃秃地摆在那里，整个房间也变得丑陋起来。我本来就是因为那块漂亮的桌布才决定租下这个房间的，它曾像太阳一样照亮了整个房间。现在，它不在了，整个房间也随之暗淡无光，而且下个月我还要多付房租来赔偿园长，真是令人伤心。

不久后，老童和雄飞搬了家。这一次他们住在二楼，两个人隔着走廊各居一室。尽管我再也不能像从前那样，可以直接敲雄飞的窗户，但晚上我们照旧会去他们那儿串门聊天。复活节过后，白天变得长了起来。我和何晓去找老童和雄飞时，大家就会一起在阳台上久坐。阳台上放着一架没有人用的旧钢琴。若是女房东恰好不在，我就会坐在钢琴前，试着弹唱园长教我的那些歌曲。当我发现，自己竟然能把那些歌曲八九不离十地弹唱出来时，兴奋不已。我唱了一遍又一遍："小鸟的父母陪伴着它们一起嬉戏。"或者是，"那鲜红鲜红的莓果啊，瞬间把我的小筐装得满满当当。"其他三个人边听边聊，他们中的一个时不时会冲我微微一笑，我相信自己的弹唱给他们带来了欢乐。我们四个难道不像兄弟姐妹吗？陌生的国度和全新的生活将我们彼此紧紧连在了一起。

这时，随风飘来一丝弦乐声，时隐时现，那是邻居在弹奏曼陀铃。他在反复弹奏着同一首曲子，听着那重复的旋律，我开始感到悲哀和忧伤。

那个会弹月琴的人啊，
不爱我并不是你的错，
错在我已经爱上了你，
月琴的琴音已多时不曾响起。

可是你，我爱的你，
就算没有月琴，我依然会爱上你。
那个不再弹奏月琴的人啊，
在巴黎和阿尔克伊－卡尚的蓝天下，
我深深地爱着你。

我的希望就像空中的白云，
时而紧聚，时而又飘散开去。
那个如你的月琴一样
沉默不语的人啊，
不知是否有一天，
你也会将我爱起？

那个如你的月琴一样
沉默不语的人啊，
每时每刻我都在爱着你。
我已经忘记了我的过去，
而我的未来，就是你。
那个如你的月琴一样
沉默不语的人啊，
不知是否有一天
你也会将我爱起。

第三章

圣日耳曼大道上，我是一个自由的巴黎大学生

暑假开始了，整整有四个月。我因为想参加十月份巴黎自由政治学堂的入学考试，所以早早报了巴黎索邦大学的暑期语言班。暑假一开始，我便每天独自乘车去巴黎上课。当然，对我来说，课程很难，我能听懂的极为有限。但我仍然坚持上课，以便先让自己熟悉法语的腔调。大教室里光线昏暗，教授坐在讲桌后，桌上放着一盏台灯,幽幽的光晕罩着他。我非常崇拜这位满头银发的教授，有时候会在校园里遇见他，慢慢地，我也可以用法语和他聊几句。我为自己的这个进步欣喜不已。

我一整天都待在拉丁区。

十月到了，我去参加大学的入学考试。上午是笔试，下

午是口试。我对通过考试不抱任何希望，想着只是去试试。中午，我和雄飞在圣日耳曼大道上的一家咖啡馆会面。

“考得如何？”雄飞问。

“太难了！我觉得没有必要去参加下午的口试了。”

我真的没有兴趣，准确地说，没有信心接着去考试了，但是雄飞执意让我去试试。结果出人意料：我竟幸运地被录取了！而且我是迄今为止这所大学录取的第一位中国女学生！我的教授亲切地对我说：“你的法语还有待加强。你会努力学习的，对不对？”

我欣喜若狂地回答：“一定！教授先生，我一定努力学好法语。”

当我在咖啡馆再次见到雄飞时，我把自己被录取的好消息告诉了他。他也很高兴,并为我感到骄傲和自豪。在这一刻，我毫不怀疑，他其实也爱着我。他对我说：“瞧，咱家小姑娘的运气总是这么好。”啊，我幸福得有些飘飘然了。

十一月时，我们曾经情同手足的四个好伙伴就要各奔东西了。老童要搬去布鲁塞尔定居，我和何晓一起搬到巴黎，雄飞独自留在阿尔克伊－卡尚。

我和何晓在一对法国夫妇那里找到两间空房，房子位于拉丁区卡美路 20 号。在同一栋房子里，还有一位会弹钢琴的女士住在我们楼下，我们俩就跟她继续学弹钢琴。女房东是个淳朴和善之人。她的丈夫是办公室文员，每天中午都会回家吃饭，她能在打扫房间的同时为她的丈夫准备好可口的饭菜。一想起她来，我的眼前就会浮现这样一幅清晰的画面：她手里拿着把扫帚扫来扫去，又时不时跑进厨房，把煎锅里的肉排翻一翻。我一走出自己的房间，就能闻到飘来的香味儿，令人食欲倍增。我毫不吝啬地大赞她的好厨艺，她则笑着回答："美食总是要花时间的。"每逢节日，她都会烘烤很多小饼干，而且总送给我满满一盘儿。"今天过节！"她说，"在主街林荫大道上有彩车游行。您去看看吧，很热闹，也很好玩儿。"晚上，她会把一块热乎乎的砖块包好，放在我的床上。我房间里的火炉太小，它释放的热量不足以御寒。女房东的丈夫也是一个好人。他圆圆的脸上留着小胡子，总是笑眯眯的。女房东告诉我："他年龄比我小，但他觉得和我在一起很幸福。"他们夫妇俩常常会在晚饭后坐在餐厅里读报纸，餐厅就是他们的起居室。

在巴黎自由政治学堂，我选修了四门主课：外交史、现代史、国民经济学和欧洲史。上大课对我来说太难了，我听不懂课堂内容，也难以做好课堂笔记。没有别的办法，为了尽快掌握法语，我又找了家教。这次的家教是一对夫妇：鲍尔·布朗查特先生和他太太。布朗查特先生现如今是知名作家和荣誉兵团的长官。其实，在当我家教时，他就已经开始从事写作，并不断被邀约去做报告了。他教我修辞，他的太太是一位演员，她负责教我发音。他们夫妻俩是非常出色的老师！我跟着他们学习，受益匪浅。布朗查特先生修改我写的法语短句和作文。他认为我极具写作天赋，只可惜我的法语还不够好。下面是我那时写的一个小片段：

周五的早晨

周四晚上我对自己说："明天一定要准时早起。"一个星期里，唯有周五上午九点有大课。

这天清晨下起了雨。等我赶到学校时，已经迟到了五分钟。大教室里几乎座无虚席，教授已站在讲台上开讲了。今天讲国民经济学。

我在教室的一个拐角处坐下，从这里我可以看到整个大教室。我开始集中注意力听讲，教授正在讲支票的处理。他面无表情，既无喜悦之色，也不见正颜厉色。他说话的语调低沉而单一。

一般情况下，我都能全神贯注地听讲，从不走神儿。可是每到周五早晨，我就会心不在焉，开小差。我一会儿思想溜号儿，想着跟课堂无关的其他什么事儿；一会儿又观察注视着教室里的其他同学。大家都保持着安静，教室里鸦雀无声。教授的声音在寂静的教室里显得无比清晰，倾听者们低头做着笔记。慢慢地，课堂气氛开始变得无聊，同学们不再记笔记。有人垂着头，有人把胳膊交叉在胸前，还有人在和邻座小声说话，并时不时盯着教授看两眼。教授丝毫没有被新的课堂气氛所干扰，继续用他那单一低沉的腔调讲下去。他不时地重复这几句："所有货物都是财物，人也属于货物的一种，人的需要必须得到满足。"他开始咳嗽，他已经咳了好几周了。他一咳嗽，同学们就回复他更大的咳嗽声，并夹杂着口哨声。如此闹哄哄的，大家其实根本听不到他在讲什么。可是，他依然自顾自地接着讲。十点到，该下课了。这时有人开始鼓掌，但这影响不到教授先生。"人的需要必须得到满足……随着需要的增长，人的要求也日益增长。"终于，他停了下来，同学们掌声雷动。我敢说，没有任何一个教授下课时会获得如此热烈的掌声。六天后，这幅场景又会再现……

布朗查特太太用她独有的、充满了爱的方式来纠正我的发音。她演示给我看，发音时如何用嘴唇做口型，如何伸放舌头。她要求我回家后，站在镜子前练习。我谨遵师嘱，每天都站在衣柜的镜子前一遍又一遍地练习。房东能听到我练习的声响，她打扫我的房间时也能看到我怎样练习。我的勤奋和勇气得到了她的称赞。

在巴黎自由政治学堂的这段时光，让我感觉自己身体里那个南开大学勤奋好学的小舟又复活了！我几乎每天步行，从我的住处卡美路出发，经过圣日耳曼大道，最终到达我的大学所在地圣纪尧姆街。每次走在这条路上时，我都为自己是一个自由的巴黎大学生而感到幸福和骄傲。我是曾经同住在阿尔克伊－卡尚的四个伙伴中第一个真正的巴黎大学生。我相信自己的运气，就像在南开读书时，我也是勤勤恳恳，从不缺课。如果好运继续伴着我，不出意外，三年后，我会是这所大学里第一个取得学位的中国女毕业生。毕业后我返回中国，也有可能成为祖国的第一个女外交官！我梦想着如何作为外交官，为我的祖国服务，并以此向世人展示一位新女性的能力和魅力。双亲也将因我而自豪，不仅仅因为我是他们的女儿，更因为我是他们最勇敢的孩子。母亲终将会因我而展露欢颜。

在去上学的这条路上，我常常会想起姐姐。她无缘成为巴黎大学生,因为她想都不敢想,她也不愿来巴黎。她写信说，她憧憬的幸福是能够嫁给刘先生，可以常去舞厅跳跳舞，还能经常外出旅行。可是我坚信，我比她更幸福。她永远不会感受到我的幸福，不会享有一个穿梭在圣日耳曼林荫大道上的自由的巴黎女大学生的好运气！雄飞也常常来陪我。我想起母亲，如果她知晓这事，应该不会迁怒于我吧。她应该也不想她的女儿在国外形单影只，孤独寂寞。再说，她由何而知我的境况？她自己又从来不曾留过洋。母亲也不会理解我如今的幸福。我自己找到了伴侣，不需要订婚，不需要男人的认可。我不喜欢独处，可为什么我不能独处呢？母亲无法体会我现在的幸福。此刻，在圣日耳曼大道上，雄飞陪着我，和我一起感受着我的幸福。

我是一个勤奋节俭的巴黎女大学生。中午，我在便宜的大学生食堂解决午饭，早晚我就在自己的房间里吃点零食。我坚持每天早睡早起，也没有间断我的钢琴课，每天都练习弹奏一个小时。老师经常表扬我又有进步了。

一天，我去邮局取钱时，在那里碰到一个波兰女同学，她曾经和我一起在法语联盟上语言班。她看着我把七百法郎塞进手提包，提醒我说："在巴黎，你包里装这么多钱出门，可一定得多加小心。"她陪我一起走到我的住处门口。天真善良的我，好心邀请她到我屋里坐坐，聊会儿天。她没有推辞，和我一起上楼进了房间。进屋后，我随手把装钱的手提包放在桌上，告诉那个波兰女生，我下楼去钢琴老师那儿一趟，一会儿就回来。眨眼工夫，我就又回到房间。她和我闲聊了没一会儿，便起身告辞。直到晚上，我需要拿钱交房租时才发现，钱不翼而飞了！我惊得魂飞魄散。钱是被波兰女同学偷走了吗？不可能是别人，她是唯一一个看见我取钱并在我房间单独待了一会儿的人！一个人怎么可以这样口是心非，表里不一！我立即去了她的住处，还好，她还在那里。

"你有没有从我包里拿走钱？今天下午只有你曾经单独在我的房间。我晚上还得付房租呢。"我情绪激动地质问她。她有些被我吓到，但还是勉强挤出一丝笑容，回答说："你怎么可以这样诬陷我！你认为是我偷了你的钱？我自己的包里有两百法郎。如果你丢了钱又急需交房租的话，我可以借给你。你要借吗？"

我坚信她就是那个小偷，她现在口口声声要借给我两百法郎，无非是想让我欠着她。如此混淆是非的女人！我才不会要她这两百法郎。我气冲冲地去了警察局报案，可是我没有证据，于事无补。钱就这样丢了，我恨死那个波兰人了。

星期日我去找雄飞。我内心的喜悦，内心的忧郁，难以描述，也难以忘怀。每周一到周六，雄飞都到巴黎来找我，而几乎每个周日我都去他那里。从前，每逢周日去看望雄飞，我内心满怀希冀和欢喜。可为什么这一次感觉有些忧伤呢？是啊，从前我们四个一起住在阿尔克伊－卡尚时，我们就像四个孤儿，失去了各自原有的家，在陌生的国度因陌生的生活而被联系在一起，情同手足。在阿尔克伊－卡尚的那段美好时光里，我们一起散步，一起在膳宿餐厅吃饭，一起在老童和雄飞的住处闲聊。就是在这里，我们相互陪伴，彼此慰藉，挨过难熬的异乡生活。我们在陌生的土地上步履维艰，就像一只只小鸟，刚刚飞离熟悉的老枝，落在新枝头，心虚地打着战。我对此深有体会。我自小就特别爱哭着喊着要妈妈抱，伸着胳膊要牵妈妈的手，可次次，指间都是空空的，没有手让我牵。长久以来，我都在苦苦找寻一个爱人，给他我的手，任由他牵着，彼此相伴，共度一生。我感觉自己就像一个迷失的孩子。

我深深依恋着这几个同学，尽管他们并不是我的兄弟姐妹。我深爱的雄飞却不理解我的这种感受，他也不想试图来理解。以前，大家都在的时候，我是那么爱笑。老童也经常故意逗我笑，因为他喜欢我的笑容。而雄飞却时不时提醒我说："别出这么大声！"我曾是四个人里最有趣的，也是四个人里第一个成为巴黎大学生的，更是那个深深陷入爱恋的人。现在，四个人如同四只鸟，各奔东西。只有雄飞依然停在阿尔克伊－卡尚的旧枝头，还有我，也经常飞回这里。

周日一早，我带着轻松愉快的心情，穿过艾克里斯街，到圣米歇尔大道坐8路电车，然后在奥尔良门车站换车到瓦歇黑角下车，再步行五分钟，就到了雄飞的住处。这所房子的阳台上，依然放着那架被遗弃的旧钢琴。可是我再也没碰过它，那首儿歌，我也没再唱过。"小鸟的父母陪伴着它们一起嬉戏。"

去的路上总是很轻松。周日的清晨，空气清新，阳光明媚。有轨电车也不像工作日那么拥挤，我总能找到一个靠窗的位置坐下，饶有兴致地看着窗外那半空的街道。我在奥尔良门换车。电车载着我急速穿过郊区的一片片绿田，我坐在车窗边，愉悦地欣赏着窗外的绿意。油然间，脑海里浮现出南方家乡的风景。

火车停在瓦歇黑角站。下车后，我迈着轻快的步子奔向雄飞，一想到会有整整一天和他待在一起，我的内心满是喜悦。我们俩一起在煤油灶上做午饭。因为只有一个灶头，我们不得不先炖肉，再做米饭。雄飞买好了食材，我帮厨。我们先炖好五香肉，然后把蒸米饭的锅放在火上。我们欣喜于自己高超的厨艺，香喷喷的饭菜好吃极了。

下午，我和雄飞一起出去散步。散步路上曾经的四人，如今却只剩我们两个。身旁的雄飞并不想过多了解我的心意，我依旧还是难以靠近他的心房。一般等太阳要落山时，我就得回巴黎了。我的心情开始变得沉重。那个会弹曼陀铃的邻居仍然在暮色中弹着他的琴，周日的傍晚，他好像会弹得更久些。那悠扬哀伤的琴声触动我的心弦，令我的内心泪流不止。怎么会如此忧伤？在那样一个周日的暮色里，我忍不住地只想哭泣。直到今天，那缠绵哀怨的琴声还萦绕在我的记忆里，只是比那时听着还要悲伤。

我们该吃晚饭了，可是我没有一丁点儿食欲。我伤心至极，难舍难分。来时轻松愉快，回程却如此沉重。

晚饭后，天黑了。阿尔克伊－卡尚的街道照明不够好，因此雄飞送我去车站。往回开的车上很拥挤，很多乘客随意地大声说笑，车厢里弥漫着浓重的烟草味和葡萄酒的味道。找不到空座位，我只能勉强站着，忍受着其他乘客的挤压。在奥尔良门车站换乘8路车后，拥挤状况并未见好转，我被挤得快要呕吐。终于，车到站了，我挤出车门，立刻快速向家跑去。路上我会遇到一些脚步踉跄的醉汉，我心惊胆战地经过他们身边时，常常担心他们会跌倒在我身上。其中一个醉汉冲我喊道："中国小美人儿，中国小美人儿。"我竭尽全力迅速跑回家。关上大门后，我用手抚着怦怦直跳的心口，休息片刻才上楼，周日的拜访就这样结束于悲伤压抑之中。

有一次，情况更糟糕。雄飞感冒了，无法送我去车站。我只得一个人穿过黑漆漆的街道。我战战兢兢，独自走在黑夜里。那平常短短的几分钟，现在好似漫长得没有尽头。恐惧和悲伤吞没了我。我心里默默许愿，要自己不要再爱得这

右图：我必须独自穿过黑漆漆的街道。

般辛苦，不要再重复这周日的奔波。可是，下一个周日，我依然会兴高采烈地去阿尔克伊－卡尚，傍晚时再带着一颗悲伤而沉重的心回到巴黎。

很快，我不能在周日去阿尔克伊－卡尚和雄飞约会了，他搬到万塞讷，在当地一个老处女那儿找到了空房间，那里食宿全包。周日，我也会去万塞讷看望雄飞，可是午饭时总有老处女作陪，而且她还跟着我们一起去散步。这样的周日约会和在阿尔克伊－卡尚时无法相媲美。现在，我们四个都彻底飞离了我们曾经共同栖息的枝头。一切都过去了！直到今天，我还心存能重新飞回阿尔克伊－卡尚的愿望，想停落在那枝头上，欢快地唱着那首歌："小鸟的父母陪伴着它们一起嬉戏。"可是，鸟儿一旦飞离了那枝头，就再也找不回它们了。

第四章

窗前响起手摇风琴声

经过艰苦和认真的准备，我在巴黎自由政治学堂的第一次期终考试取得了令人欣慰的成绩：选考四门，通过了三门。没通过的那门是国民经济学，我可以申请在十一月补考。对这次期终考试的结果，我还是很满意的，并再一次为自己所有的好运气而庆幸。

漫长的暑假来临了，我同雄飞商量着如何度过一个既省钱又有意义的美好假期。雄飞想去山区玩一个月，我想和一家法国人去乡间住上两个月。但在这之前，我们俩会一起先去比利时看看。在布鲁塞尔读大学的老童建议我们去布兰肯贝尔赫找他，整个夏天他都会待在那里。至于住处，他可以帮我们租一套带厨房的小公寓，我们根本无须操心，只管去就好了。我们俩决定先去布兰肯贝尔赫。因为要去的地方在海边，而我也想学一学游泳，所以就给自己买了泳衣和夏季风衣。我满怀喜悦地盼望着这次旅行。

老童到布兰肯贝尔赫火车站来接我和雄飞。老友再次相聚，喜悦之情溢于言表。老童本来就是个很风趣的伙伴儿，现在久别重逢，他立刻打开话匣子，开始跟我们讲离别后他所经历的一切。长时间以来，他都没有机会讲中文。“我很喜欢布鲁塞尔。”老童眉飞色舞地讲道，“比利时人相当友好。比如我的女房东，她非常勤劳、正直、友善。她把自己的丈夫和公公照顾得很好。她的公公已经七十多岁了，可是偏爱女孩子的花心不改，依然热衷谈论女人。他们一家在布兰肯贝尔赫有一座别墅，一半房子用来出租，另外一半，他们夏天来度假时自住。女房东平时负责打理整座房子的日常家务，她的先生只在周末时来此小住。”有那么多的话要跟我们讲，老童兴奋得都不知道该从哪儿说起，到哪儿结束。布兰肯贝尔赫这座海滨城市不大，但干净、舒适、安静，游客很少，而那些追寻奢华生活的人更不会光顾这里。小城的房子设计得很现代，街道很整洁，人行漫步道十分幽长。这里还有美丽开阔的海滩，湛蓝的天空。小城的物价也不高。这座小城有一个渔港，码头上停泊着一些小船。我这个夏季来访的旅客，实在找不出什么理由对布兰肯贝尔赫不满。我得扮演起家庭主妇的职责，自然也要亲自下厨做饭。对此，我其实是很期盼的，因为我还从来没有过供我使用的厨房。我虽不擅长烹饪，但很想尝试着做做中餐，再说雄飞还会帮我一起采购食材。

最初的两天，我感到很幸福。吃完早餐后，我们三个人一起去海滩。看着层层海浪翻滚着冲上海滩，我有些胆怯，更不知该怎样学习游泳，后来我们就躺在沙滩上晒太阳。啊，太惬意了！海风拂走了热气，只留下暖暖的阳光。沐浴在阳光下，我想在布兰肯贝尔赫把自己的皮肤晒成漂亮的棕色。下午，我们会再下海玩会儿水，然后久久地躺在海滩上闲聊。大家相互要倾诉的实在是太多了！晚上，老童和我们一起在公寓里就餐。饭后，我们溜达到海边的人行漫步道上散步。大海自顾自地演奏着它的乐章，旋律声传来，忽左忽右，伴着我们，好似在向我们诉说着什么。海涛声令我回想起来时乘坐的法国轮船。我们三个人边走边聊，都为各自今后的学习计划感到高兴。尤其是我，庆幸自己的期终考试已经结束。

难道是天意吗？肯定是天意！自第三天开始，我开始不舒服，而且情况一天比一天糟糕。我开始变得垂头丧气，紧张焦虑，伤感不已，总是觉得浑身无力。我不能下海了，因为我一沾到水，就感觉浑身不舒服；我不能躺在沙滩上晒日光浴了，因为阳光令我紧张；我不能亲自下厨做饭了，因为我没有胃口，开始讨厌看见厨房；我也不能去海边散步了，因为海风一吹，我就开始战栗发抖。我也不能忍受这里的晴天白日、海风，以及路上的行人。我不想开口说话，也不再展露笑颜。我整天拉着一张脸，看着极不友善。我变得极其爱哭。老天啊，为什么要让我变成这样？为什么？！

我相信自己这回是真的生病了。雄飞觉得我只不过是心情不好。老童认为，这可能与空气转变有关。可我真的几乎要疯掉了。我不再外出，故意把房间遮起来，躺在床上，唉声叹气，以泪洗面。雄飞只得一个人买菜，做饭，吃饭。其他时间，他经常和老童一起外出活动，留下我独自躺在床上悲叹哭泣。这到底是为什么呀？！为什么？！

有一次，雄飞和老童逼着我起床，和他们一起出去走走。我起来了，穿得很暖和，甚至把特意为这次旅行买的那件黑色大衣也套在身上。其实那天的天气晴好，像平常一样，但我却冷得发抖。空气里闻起来有鱼虾的腥味和油味，令我作呕。才走了一小会儿，我就无法和雄飞及老童继续前行。我挪不动步，只得停下，一个人坐在长椅上，等着他们回来。我心中不停地自问：“我怎么会病成这样，这么神经质？”我的目光不经意间落在了那件黑色大衣上。现在，我根本无法直视这种颜色,它令我感到压抑。这衣服的料子是怎么回事？闻着太奇怪了，好异常的味道。不行，我要吐了。这件大衣肯定被施了恶毒的咒语，就是它让我发疯，让我得病。我恨不得把它扔进大海，再也不要穿它。

雄飞和老童回来接我，我勉强露出一丝笑容，对雄飞说：“我现在知道了，为什么我会觉得这么不舒服。都是因为这件黑大衣,都是它的错儿,是它让我生病了。你闻闻,多怪的味儿，就是这味道把我给熏病了。我再也不要穿了。”可是他们俩并不拿我的话当真。

有一天晚上，我想试着和雄飞及老童一起去海边的人行道散步。但是一小段路都没走下来，我就双腿无力，再也无法迈步，只好坐在路边的一块石头上等着他俩。我有些嫉妒老童：我一个人坐在这儿，而他却可以陪伴雄飞。在黑沉沉的夜色里，我坐在石头上听着阵阵涛声，不由得暗自神伤，乡愁也溢满心头。我的家人、我的熟人、我的一切的一切，都离我万里。在这样一个陌生的世界，在这样一个漆黑的夜晚，我独坐海边，如何不感到寂寞无助呢！一首诗涌入脑海：

不再抱有任何希望，
会有挚朋自遥远的家乡而来。
心中无尽的悲伤，
在汹涌的波涛声中被彻底埋葬。

我又开始一个人待在房间里，躺在床上，唉声叹气。有一个街头艺人推着手摇风琴，来到我的窗前，开始演奏。他摇啊摇，摇出的曲子让我听后眼泪止不住地流下来。我怎样才能理解现在的自己？我怎么会有这么坏的性情呢？难道我真的不正常吗？为什么我要一直苦追着雄飞？没有雄飞，我就活不下去吗？为什么我要把自己禁锢在这段爱情里？那人推着手摇风琴渐渐远去，可我还在久久哭泣。

自此，每天早晨，这个艺人都会停在我的窗下，演奏他的手摇风琴。他摇啊摇，我的泪便止不住地流下来。终于有那么一次，我鼓起勇气，起床走到窗口，向外望去。阳光照在白色的石子路面上，有几个孩子围着摇风琴的街头艺人站着，还有女人提着购物袋路过。艺人摇着他的风琴，一遍又一遍，我再也站不住了，重新回到床上躺下。墙上挂着那件黑色的大衣，它的颜色透着诡异，味道里渗着血腥。

老童的女房东听说我病了，便来看望我。为激发我的食欲，她还给我带来一只自己做的烤鸡，跟我讲解烤鸡的做法。这个善良友好的女人对我说："北海的空气是很有特点的，您得慢慢适应。但我还是建议您出去走走，好好晒晒太阳、泡泡海水。如果您需要看医生，我可以帮您介绍一个。"我真心向她表示感谢。

第二天，雄飞陪我去看医生。"没关系，不是大病，只是有些肝胃不适。我给你开点药吃。"告别时，小个子大夫握握我的手，祝我早日康复。

果然，几天后，我渐渐感觉好些了。虽然我还是不能下水或晒日光浴，但可以和雄飞他们一起去散步了。有一天下午，我竟然可以和他们一起走到港口。我久久注视着那些停泊在码头的渔船，心想，渔民的日子肯定很艰难。

一个月飞逝而过，我们得返回巴黎了。雄飞要去山区，我则要和一家法国人去乡下。这时，我基本康复了，而且也很高兴可以离开布兰肯贝尔赫这个鬼地方。在这儿的这段日子里，我曾是那么沮丧、悲哀，毫无幸福感，游泳也没学会。

其实，我原本并无兴趣和那家法国人一起去乡下，更别说要在那里待上两个月。可我还是狠下心来，在巴黎告别雄飞，同法国熟人去沃苏勒。这家法国人曾在中国生活过，他们家的儿子就是在中国出生的。他们十五岁的女儿在学汉语。女主人邀请我和他们一起去沃苏勒的乡下度假，他们在那儿有一所自己的房子。我要做的就是教她女儿学汉语。

这是个能干的女人。她身材高大，个子比她的先生还要高出一头，在家里发号施令，说一不二。她烧得一手好菜。每年，她都会去乡下的庄园住上两个月。她的先生并不经常随行，今年他就留在巴黎。她买了张家庭火车票，带了她女儿、我，还有一个年轻的女佣一起出发。从巴黎去沃苏勒的乡下庄园，要先乘近八个小时的火车，再转坐马车。傍晚时分，我们终于抵达她的乡间庄园，一份冰凉的晚餐又让我开始感觉有些不舒服。我并不喜欢这里，而且担心自己再次病倒。我被安排在阁楼的一个小房间里休息，其他人则全都睡在一楼。第二天早晨醒来，我亲眼证实了，我们的确是来到了乡下，一个地地道道的村子。我们所住的地方其实是个大庄园，单个房间很大，但都很老旧。夏天，女主人一到这儿，就有干不完的事情。她得和各种人交涉，好让我们在庄园的生活正常化。

每天早晨，我要先教法国人家的女儿学一小时汉语，然后陪她去散步，工作很轻松。庄园所在的这个法国村落，如同各地的村子一样，除了安静还是安静，没有别的。村里的人们彼此都认识，也相互串门拜访。那窄窄的乡间小路上，时常传来脚步声和人们相互问候的声音。我们到达后的第一天早晨，女主人就透过窗户跟来往路过的村民们寒暄。我想，全村人没有她不认识的。乡间的空气里混杂着谷物、饲料、肥料、牛马等牲畜的味道，被放养的公鸡母鸡肆意地到处乱走。村里没有商店，甚至连面包房也没有。每隔两三天，会有人赶着马车，挨家挨户叫卖面包和其他一些生活必需品。女主人都是自己做饭，自己烘焙蛋糕。带来的年轻女佣只是帮她做些准备工作，她很看不惯这个女佣。不过，她跟我讲，她对上一个女佣也不满意。两个女佣都爱跟村里的小伙子到处瞎跑，和村里的每一个男人有说有笑。晚上女主人不在家的话，女佣是不被允许外出的。但是，她会打开窗户，和村里的小伙子们聊个没完。我在自己的房间听得到他们的所有谈话，我得说，这姑娘很有趣。

村子附近的山上有葡萄园，我和女主人的女儿常常会在下午散步很远到葡萄园去。我们俩偷偷摘园里的葡萄，吃了一串又一串！

女主人家的女孩儿很文静，而我还沉浸在和雄飞分离的悲伤之中，因此，我们俩散步时，并不怎么和对方说话，只是一起默默往前走。可是，若有女主人偶尔和我们同行，那我们走不了几步就得停下来，因为交际广泛的女主人要跟路上遇见的每个熟人都聊上几句，我只得站在一旁等啊等。她的女儿察觉了我的不耐烦，便跟我解释："您有所不知，我母亲必须要和路遇的每个人聊一聊，不然就会被村里的人说闲话，认为她傲慢无礼。"但女主人有时候真是太能聊了，以至于她的女儿也开始变得不耐烦，在边上轻声提醒母亲："请不要聊这么久。"

有一个周日，我们走出村庄，穿过田野，去拜访她家的一个熟人。路上，就因为她要跟人寒暄，我们停下来竟有十次之多！我数得很清楚，整整十次！

村子里总能发生些什么。在城里不起眼的事情，到了村子里就成了不得了的话题，被人们津津乐道，诸如哪家老太太去世了、有个女孩儿疯了、一个男人的老婆跟人跑了，等等。

这怎能算得上事儿？这又是什么样的故事！这是何等无聊的话题！我曾写过关于这个村子的文章，摘取如下。

安迪先生

安迪先生是一个强壮敦实的男人，四方脸，胳膊强劲有力。虽已年逾五十，却并未留胡子。双目炯炯，但并不友善。粗野的嗓音暴露了他冷酷无情的性格。他住在女主人的庄园的对面。我说她家是庄园，是因为单算大房间，就有十二个。女主人家的大房子虽不是村里最漂亮的，但绝对是占地面积最大的。我们到的那天，安迪先生帮我们提行李，还给我们带来一筐土豆。我当时以为这纯粹是因为当地民风淳朴，村民待人友善。

第二天清晨，我听到窗前有小鸟在鸣叫，其中还夹杂着一个男人的歌声，然后就是轻微的敲击声，可惜我无法进一步确认，那是敲什么东西发出的声音。我就是被这些声响唤醒，迎接自己在村子里新的一天。白天，我同女主人讲起早晨听到的歌声。她说，那个唱歌的男人应该是安迪先生，他是个鞋匠。一个鞋匠！这太有意思了。两天后，安迪先生和一个富农的老婆在我们门前吵了起来。起因呢，竟然是为了几只鸡。这些鸡跑到安迪先生的菜园里，东啄西刨。两个人的战火最终被女主人平息。女主人还告诉我，安迪先生生来并不坏，只是受他坏脾气姐姐的影响，变成现在这样。他的姐姐是个老处女，住在他家里。安迪先生是娶过老婆的，但三年前，他的老婆瞒着他，留下三个孩子，跟自己相好的男人跑掉了，自此音信全无。安迪先生渐渐接受了这个现实，独自带着两个女儿和一个儿子生活。

每天早晨，我都能听见鞋匠的歌声。“自由啊……如果你热爱你的土地……”唱完后，他会接着吹起口哨，用手中的锤子有节拍地敲打着鞋。说到底，他还算是个有趣的人。

过了几天，又有人吵架。这次是安迪先生和女主人为了花园和果园闹意见了。据我所知，这两人曾签下合约。合约里规定，安迪先生要负责照管花园里的蔬菜和果树。夏天，在女主人住在庄园的这段时间里，她可以分享安迪先生的劳动成果。合约是两年前签订的，但安迪先生把花园搞得一团糟，双方对彼此都很有怨言。这次争吵过后，女主人对安迪先生很生气，而他也每每对我们怒目而视。

每天早晨，安迪先生照旧唱着歌，吹着口哨，干着活儿。十天后，两人再起争端，而且比上一次还要激烈。安迪先生走进我们的院子，从口袋里掏出一张纸，大声读着："兹有安迪先生和 ×× 女士，于 1926 年 ×× 就花园和菜园的……签订此合约，内容如下……"他一停顿，立刻有人上来，把他推出了院子。从那之后，安迪先生就被禁足到内院，这样他就没机会来闹了。有一天，女主人找人派了一个警察去安迪先生家里问话。安迪先生就一直站在他家门口，粗声大气地喊着："我就在这儿。我哪儿都没去过，一直待在我自己家里。对于她说的那个事儿，我一无所知。"

除此之外，还有一件事恶化了女主人和安迪先生的关系。安迪先生的女儿本来在女主人巴黎的家里当用人，但是有一天，女主人把她辞退了，因为这个女孩子爱上了一个有妇之夫。她只能回到村里，背着不正经女人的坏名声，整日遭受着村里的农夫和农妇们的轻视、不屑和奚落。

村里总有人找安迪先生修鞋。他干活的时候爱唱歌，但是周日他不修鞋，我当然也就听不到他的歌声。十点钟，他锁上自家屋门，穿戴整齐地去镇上的集市或其他地方逛逛。前天下午将近三点，我正在房间里读书，突然听见外面有个男人大喊着："我完蛋了，完蛋了！日子到头了。我彻底绝望了，我要去能看到上帝的地方。我老婆呢？她在哪儿呀？我受够了。

我完了，一切都结束了。”那是安迪先生。他的孩子们跟着哭泣，他的姐姐死死抱住他，斥骂道：“闭嘴！”他却根本不听她的呵斥，挣脱开来，踉跄着继续叫嚷：“我完了，我完了！”安迪先生喝醉了。

第二天一早，那敲击声又响起来了，与平日并无不同，但安迪先生却不再唱歌了。今天是周日，我看见安迪先生的姐姐和他的孩子们坐在家门口，但他却不在那里。

一个疯子

来到乡下的最初几天，我很难过，依然伤心不已。晚上我早早就躺下，早晨醒了也不想起床，躺在床上胡思乱想，天天如此。我醒得很早，但这回吵醒我的，不是我习惯了的那些声音：晨间小鸟的鸣叫、住在我窗户对面的鞋匠的歌声、村子里大公鸡的打鸣以及教堂的钟声，而是一个每天早晨从我窗前路过的女人的刺耳尖锐的喊叫声。她喊什么呢？乱七八糟，什么都喊。她反反复复重复着相同的话。天天听她喊，我都能重复：“我妈妈要给我剪头发……给我剪头发。不是这样剪，而是这样，用一个推子剪……我爸爸不想让她剪，可是她偏要剪。妈妈，坏。”然后我就听到她噔噔噔地跑远了，不知她是大人还是孩子，反正每天大清早，她都叫喊着经过我的窗前。

我很好奇，她到底是谁。有一天，有人告诉我说，她是个疯子，虽有二十七岁，但言行举止却像个五岁的孩童。她一生下来就这样。她父母把她留在家里养着，每天早上、下午和傍晚，放她出来取面包和牛奶。大家说，她在家待不住，但她不会伤人。可是，若村里有人故意灌她喝酒，或者有年轻人戏谑她，她就会变得恶毒并还击。她家住在高坡上，每天三个来回，下坡上坡，从家到村里，再从村里回到家。我一直想找机会看她一眼。终于有一次，我从窗户里看到了她：她有一张清瘦细长、略显憔悴的脸，穿着粉色的裙子，戴着一顶草帽，梳着两根麻花辫，手里提着购物袋。走起路来虽有些跛，但脚步很快，有时候还会跑起来。

路上，她大声说着什么，不管有人没人。她跟人说话都用"你"来称呼。当她回来经过时，女主人冲她喊："安娜，来，拿上一块蛋糕。"她走进房来，面黄肌瘦，看上去很悲伤。她说："我一爬坡，心就会疼。"女主人一向对她很好。我觉得，这个疯姑娘是分得清别人的善意和歹意的。她接过女主人递给她的两块点心，跟我们讲那个重复过无数次的故事："我妈妈要给我剪头发……给我剪头发。不是这样剪，而是这样。"走之前，她还记得跟大家告别。

村里没有人相信安娜的疯话。无论她跟人家讲什么，人家都会说："这肯定不是真的，哪有这回事。"有一天，我又看见了她。她的头发真的被剪短了，短发让她看上去好看多了。而这也证明，安娜并没有撒谎，她讲的是真的。

一天晚上，我在村外的一条路上碰见安娜，这条路也通往她父母家。她手里拎着沉沉的袋子，走路一瘸一拐，看见我就说道："哎呀，这要累死我了。我的脚都疼坏了。"我跟她打招呼："你好，安娜。"

一天，我和女主人一起散步，路上遇见了安娜的父母。我发现，安娜跟她的父母长得很像。她的妈妈脖子上好像有什么毛病，一脸悲苦相。聊天时，她跟我们讲："安娜这孩子心地善良，只可惜说不了几句正经话，她就开始疯言疯语了。"当我们往回走时，路过一家杂货铺。一个女人从窗户里探出头来，冲我们喊道："安娜在这儿呢。她的父母不在家，她觉得无聊，就到这里来了。"安娜眼圈儿发红，手里攥着一块小手绢，站在杂货铺里。我们告诉她："刚才，我们在路上遇见你爸妈了。他们也要回家了。"旁人还提醒她："不要难过了，该高兴才是。赶快去路上迎一迎吧。"安娜听了，果然像个小孩一样，开始高兴起来。她擦干眼泪，亲吻了一下一直陪着她的那个女人。那女人也说："安娜的心很好。"我注视着安娜，内心感慨：就算是一个疯子，她也会心思敏感！就算她心地善良，却也有痛苦难受的时候。

我很难过。在乡下的这六十天，我度日如年。我觉得自己就像一个囚徒，日日掰着指头算，距离被释放还有多少天。大部分时间，我都待在自己的小房间里，或坐或躺。有时候我觉得自己很不幸。我天天给雄飞写信，在字里行间倾诉着我的悲伤。一天晚上，我在田间游荡，听到地下某个地方传出蟋蟀的叫声。一刹那，我的心情骤好。因为我知道，秋天就要来临，这漫长的暑假终于要结束了！很快我就能回到巴黎，见到雄飞，准备补考。要开学了！我又要成为圣日耳曼大道上那个自由的巴黎女大学生了！

第五章

小鸟展翅来，轻嗅花蕾去

一天上午，在巴黎的中国大使馆，我站在领事面前，庄严地说出了我的誓言："我愿意。""周小姐现在成为李太太了！"在场的来宾热烈鼓掌。

我们的婚宴在卡美斯街的一家中餐馆里举行。另外，我们还专门租了装修现代的小公寓里的一间房做婚礼这一天的婚房。下午陆续有些客人前来祝贺。我一直想要一台留声机，这次也一并租来，我们还买了几张唱片。施特劳斯的圆舞曲在婚房响了起来，一遍又一遍。可是为什么我不开心呢？为什么如此悲伤？昨天我还没想过要结婚，可今天我就是李太太了。昨天我刚刚通过了大学的第四科考试，而今天我却不再是自由的大学生了。桌上放着雄飞母亲发来的电报：准许结婚。他的姐姐写道："娶妻要娶能干的女子，选妾要挑漂亮的女子。"在天津出发来欧洲之前，曾有一个算命的人忠告我："切勿在二十五岁前结婚。"可是，我根本没把这话当回事。要是母亲能这样叮嘱我就好了。

第二天，我们搬进拉普拉斯的一家酒店。这儿离阿尔克伊－卡尚区不远，我们租了三楼的一个带厨房的房间。从今天开始，我要做一个全职太太，每日买菜做饭。为此，我买了本烹饪书放在厨房里。我还租了一架钢琴，刚好可以放进我们的小家。每天晚上，我做好晚饭，把饭菜摆上桌，拿碗碟扣好，等着雄飞从巴黎索邦大学城市与发展研究院回来。他每天都回来得很晚。等他的这段时间，我就弹弹钢琴。周围如此寂静，我能听到过站火车发出的声响，这列火车肯定是从拉普拉斯火车站开过来的。我能准确地辨别路过的火车是从哪个方向开过来的。当我听到火车进站时的刹车声，车门被打开的碰撞声，还有行人杂乱的脚步声时，就可以断定，从巴黎开来的火车到站了。几分钟后，雄飞就出现在我们的屋子里了。新娘子做的晚饭肯定是美味可口的。吃完饭后，雄飞会帮我刷碗洗盘子。桌子太小，容不下两个人同时读书写字，所以我一般都会在床上读书。"我再也不用离开。""我也不用送你回家了。”我们俩相视而笑。

春天来了，我们退了房子，搬进了提供三餐的膳宿公寓。搬家，是为了照顾我。我不能爬高，不能负重，当然也不能做饭。钢琴随我们搬进了新居，我依然每天都会弹奏。我不再坐车去巴黎，只能把去圣米歇尔大道闲逛的心思压了下来。我会在住处附近散会儿步，有时候独自一人，有时雄飞陪着。这时的散步和当年在阿尔克伊－卡尚的散步真是有天壤之别！那时的我只顾着谈恋爱，何曾想过有一天会结婚甚至做母亲呢？我在膳宿公寓旁边的一条小路上走了个来回，曾经一路充满欢声笑语的散步已成往事。现在，无论行走还是思考，对于我都是沉重的。雄飞有时候会在下午陪我散步，他的存在会减弱我思绪的沉重感。小路上长着一些灌木，有一些枝头已经有了花骨朵，小鸟飞来，轻吻一下花骨朵，接着就又飞走了。我的思绪有些凌乱，我从没有像现在这样如此思念母亲。

右图：小鸟展翅来，轻嗅花蕾去。

一天早上的六点钟，我被救护车送进了市妇产医院。中午时分，我的女儿来到了世上。没错，是女儿。她怎么是个女孩儿呢？我为什么会生个女儿？

“小宝宝有名字了吗？”护士小姐问道。

我只能回答：“不知道。”我和雄飞从没想过要给女孩儿起名，我们一直觉得，这应该是个男孩儿。为他，我们已经想好了名字，可现在我们有了个女儿。护士在宝宝的胳膊上缠了根布条，在上面写上了名字：李飞乐。护士告诉我：“您的先生刚才来过了。他听说您生了个女儿后，看上去不是很开心。两点钟，他会再来看望你们。”

雄飞也那么在乎宝宝是男是女吗？不，他本来是无所谓的，可是他家里人在意！尤其是他的母亲。那个准许我们结婚的母亲，一直盼着能有个孙子。

我爱我的小女儿。她安安静静地躺在那里，看上去好娇小啊，她的确也只有五磅重。我的宝宝很漂亮，是不是所有的妈妈都认为自己的宝宝很好看呢？她躺在我病床旁边的小摇篮里，闭着眼睛，甜甜地睡着。

产后第一天很容易应付，小宝宝还不必吃奶，只是沉睡。雄飞再来医院探望时，我们一起给女儿起了个新名字：李英。

“英”意为清晨之花。女儿是那么柔软、可爱，和她的名字很配。产后第二天，我开始担忧起来，因为小英还是不吃不喝，只是呼呼地睡个不停。护士轻拍她的后背，把她叫醒。可是她好像不懂护士的意图，只是吃一点点，就继续安睡。回回都是这样。

另外还有四个产妇带着各自的新生儿和我住在同一个产房里。她们的宝贝们中气十足，哭声嘹亮，使劲儿吃奶，好似永远吃不饱。他们真是生机勃勃。妈妈们笑盈盈地看着自己的宝宝，轻声对他们说着话。只有我家的摇篮里没有声响，而我也不知道该跟女儿说些什么，只能一次又一次地看向摇篮。女儿好漂亮好可爱啊！是不是所有的妈妈都是这样认为的呢？

我越来越担心小李英的健康。她吃奶很少，吃的时候也不好好吃。我问护士，这是怎么回事。护士解释说：“您家宝宝比正常婴儿早产一个月，所以她比其他宝宝要有更大的存活困难。”我怎么生了一个非正常的孩子？我难以接受这个现实。难道我自己不正常，才会生一个不正常的孩子？是谁造成这个宝宝早产的呢？她以后会变得正常吗？我又应该怎样来养育一个不正常的孩子呢？要是她像其他宝宝一样正常的话，我现在也可以像其他妈妈那样笑逐颜开，可是李英却令我忧虑不已，如何还能睡得下，笑得出？

整个夜里还有第二天上午，我都焦急地等待着家属探望时间的到来。医院规定，家属可以在每天下午的两点到四点之间来探望产妇。每当同房其他产妇的床边坐着自己的丈夫时，我的床前却空空的。雄飞每回都晚来早走。他的探望时间那么短，我来不及把我的忧虑与不安向他倾诉。他离开后，我独自黯然落泪。其他产妇安慰我说："您别哭了，这样对身体不好。"我此时完全不在乎自己的身体健康，依然哭个不停。

病房里光线昏暗，中间放着一个火炉。每天早晨，都有人来生火。火炉被点着后，房间里便有股味道。火炉里燃烧的木柴发出吱吱的声音，我不由得想起童年时代。那时候，每天早晨，当我还在被窝里熟睡时，乳娘就把我屋内的炉子点着。烟味儿和木柴的吱吱声每次都会把我吵醒，但我却等到整个房间都暖和了后才懒懒地起床。平常日子，母亲不许我们在夜间生着火。但是，除夕夜里，火却是不许被熄灭的。在民间，火的寓意如金子如财富，人们要把头年的财富带到新年里。如果除夕夜的火熄灭了，是很不吉利的。那么多个除夕夜里，乳娘小心翼翼地看着火炉防止火熄灭的场景，至今还历历在目。

往事好似还在眼前。离家并未多久的我，身旁躺着自己的小宝宝，那么羸弱，那么恬静。可是她却不正常，这多么令人伤心。我是不是应该把她送人？不，我怎么能这样做。那我该放弃大学的学业吗？我当然也舍不得。可是，留下孩子并同时继续读书，这我也做不到啊。要是这孩子是个正常婴儿会怎样？这个念头在我脑中挥之不去。整个上午，我都期盼着时针快快指向两点。探望时间一过，这一天好像也就昏暗下来。寂冷的夜晚令我害怕，心中的忧虑让我无法入睡，只能在寒夜中瑟缩打战。我记起从前，母亲生完小弟后，整整一个月都要躺在床上，而好吃的和好心情对产妇也是非常必要的。母亲那时告诉我说："女人在月子里不可以伤心，不然一辈子都会哀怨不幸福。"可是看看如今的我，却与母亲所说的恰恰相反。

十二个日夜过去了，我得带李英出院回家了！出院的那天早晨，护士拿小被褥把李英包裹好，交给我抱在怀里。她贴在我的耳边小心地说："您家宝宝的脚好像没有长好，您最好带她去找专科大夫检查一下。"

这样的事情，护士小姐竟然瞒了我这么久！不过，她这样做也的确有她的道理，因为这个消息像一把尖刀一样深深地刺痛了我的心。

“很严重吗？”我问。

“不是很严重。”护士安慰我说。

护士帮我办好了出院手续。我抱着李英，胳膊有些发抖，双腿也绵软无力，艰难地一步步走下一阶又一阶漫长的楼梯。雄飞在楼下的出租车里等着送我们回家。我又回到了自己的家，不仅作为女主人，也作为一个母亲。我当妈妈了，我得好好学习如何做个母亲。

我很为李英的健康担忧。她只吃一点点奶，也睡不好觉，总是哭。出院回家第二天，当她哇哇大哭时，我突然发现，她的上颚没长健全。我惊呆了，大声叫雄飞过来看。这孩子真的不是一个健康的宝宝！这让我如何承受？在医院里，医生护士要么根本没察觉，要么他们有意隐瞒了实情。命运竟如此残酷！怪不得李英不能好好吃奶。我得赶紧带她去看大夫。

我们坐电车去了附近的一家儿童医院。我怀里抱着李英，像其他带孩子来就诊的妈妈一样，坐在候诊室等着护士叫我们。等啊等，时间过得如此漫长。候诊期间，我看到了很多不健康的孩子。他们的腿、胳膊或脚，或多或少有些疾患，还有些孩子的残疾是外表看不到的。我完全能明白那些妈妈脸上表情的含义，此刻，我彻底学会了“理解”。我也理解了，为什么在医院里，每当宝宝出生后，妈妈就会急切地问：“宝宝正常吗？”正常、普通、健康，这是最重要的。我产后并未向大夫问这个问题。我怎么能想到，自己会生一个不健康的宝宝呢！

终于轮到我们了。医生检查完李英后说：“现在我们什么也做不了。要等孩子大些，才能给她做手术修复。至于她的脚，我先给她缠上绷带。等她大了，要穿特制的鞋。我给您开处方。”我绝望了。

“现在我们什么也做不了。”那李英就得天天忍受着这痛苦，要忍很久很久。

我现在必须亲自照顾李英，而不能像当初计划的那样，把出生后的她送入托管院，因此我只能偶尔去巴黎自由政治学堂上课。自从生完孩子，我再也没有碰过钢琴，我放弃了它。

有一天，我用童车推着李英要去散步时，碰上了邮差。

他交给我一封信，是母亲写来的。“如果你执意要结婚，我猜，你肯定有你自己的理由。我同意。”她在信里写道，“但是我还没有让你父亲知道此事。最近你三弟卧病在床，久治未愈，我很绝望。”我的眼泪夺眶而出。我亲爱的睿智的母亲，您对我的爱是至高无上的。

我的眼前清晰地重现出当年小弟去世的场景。若是三弟也不幸身亡，母亲要如何承受这个打击？我不能设想再也见不到自己的三弟。可是，厄运再次降临到母亲身上。我收到信后不久，三弟去世了。两个月后，四弟也撒手人寰。

自此，母亲就彻底沉默了。她本来话就不多，也很少笑，随着两个儿子的相继离世，她把自己彻底埋葬在沉默中。我再也找不回我启程来欧洲之前的那个母亲了。命运之神如此残忍地对待为我操心不已的母亲。母亲啊，我永远深爱的母亲。母亲在她有生之年只给我写过一次信，就是这封信。

李英满周岁前，我们经历了很多磨难。终于，她满周岁了。她还不会站立，也几乎不笑，是时候为她准备做手术了。我带她到附近的那家儿童医院，可是她又得了支气管炎。当我去病房看她，给她玩具时，她从不冲我笑。她看上去很严肃。可是当我离开时，她也会哭。入院十五天后，因为她身体太虚弱，大夫决定暂时不给她进行手术，我只好带着李英出院回家。路上，我又遵照医嘱，去店里给她订了一双特制的鞋。

这段时间，雄飞家里的熟人从中国来。他很有钱，想租别墅和我们一起住。对此，我不是很愿意，因为母亲曾告诫我："和别人一起住，不是易事。"现在我们却要同一个陌生人住在一起，想想我就觉得困难重重。可是，他一再请求。最终，我们只得搬去拉普拉斯火车站对面的别墅与他同住。

可是李英不能和我们一起搬去。有人向我们推荐了位于索镇的一家新生儿托管院，院长是个医生，他的太太是个护士。这里应该适合李英，我们想试试。

最初几周，情况还不错。可是，每次我去看望李英时，护士都会向我反映，她很担心李英，因为她从没见过李英的笑容。她说，李英看上去总是那么柔弱，那么悲伤。

一个周日，我又去看望李英，她变得越发安静。护士说，她感冒了。雄飞想给她拍照，我就站在窗边，双手架着她的胳膊。她浑身那么软，那么瘦，整个人就像一只小猫咪。为什么她的生命如此之轻。她的样子令我十分担心，我思量着，还能为她做些什么。

第二天，托管院的院长突然出现在我们的住处，他请求我们立刻把孩子送去医院，因为小孩发烧到四十摄氏度。我和雄飞立刻坐出租车赶到索镇的托管院。当护士把孩子交到我们手上时，我几乎以为她已经死了。我吓坏了，她和她的丈夫一起杀死了我们的孩子！两个凶手！我还能说什么！说什么都来不及了！太迟了！

我得尽快把李英送进医院。我坐在出租车里，注视着孩子的脸。她的脸不再苍白，而是变得无比通红，像个红彤彤的苹果。她睁开黑黑的眼睛盯着我看，她是想要跟我说些什么吗？可是她根本还不会说话呢，她又闭上了眼睛。她还活着吗？还活着吗？我还是个妈妈或者已经不再是了？昨天我还在她身边陪着她，怎么突然就这样了呢？但愿还来得及，但愿还没有为时已晚！我的心在颤抖。

我们终于赶到了儿童医院。“什么，已经高烧四十摄氏度！不行，我们不能接收她。您赶紧去巴黎附近的那家儿童医院吧。”

附近的儿童医院不接收李英，我们只得又坐上出租车，赶去巴黎附近的那家儿童医院。两点钟我们到了那儿，可是医生要到五点钟才来。

“不可以请大夫早一点儿来医院吗？”我问。

“可惜不行。他还有好多事情要处理，只能五点到这里。请把您的孩子放到这张床上，您明早再来看她。”

没有任何办法了。这是一家救治穷人和将死之人的医院，我把李英放在护士指定的病床上。她烧得满脸通红，好似一个红苹果，她曾经那么漂亮……她又睁开黑眼睛看着我，她是想要跟我说些什么吗？可是她根本还不会说话呢。当我不得不离开病房时，她甚至微抬自己的小脑袋，望向我。她没有哭，她怎么都不哭了呢？她望向我，那是她的最后一瞥，最后一瞥！

我和雄飞回到家。我对雄飞说：“明天我就把小英接回家，我不信任那家医院。”

第二天一早七点钟，有人按响我家门铃，递给我们一封电报：“五点死亡。”难以置信！难以置信！这么快！这么快就发生了！医院里的医生护士大概任由李英死去，根本没做任何抢救措施。我不用接她回家了。为什么我昨天不带她一起回家呢？太迟了！没救了！谁是罪魁祸首？是托管院、儿童医院，还是我自己？难道我不是一个好妈妈吗？若是妈妈不想把孩子留在身边，那孩子自然会离她而去。我失声痛哭。

我们还得去趟医院。走在儿童医院长长的林荫道上，我不停地用手绢擦着眼泪。有多少个母亲会像我这样，带着一颗破碎的心，泪流不止地走过这条林荫道呢？我们找寻着李英。她不在昨晚被送来时待的那间病房，也没躺在昨晚护士指定的那张床上，她被送进了临终关怀室。护士来了，我问她："这到底是怎么发生的？我的孩子怎么这么快就没了呢？"

"怎么发生的？就像其他病死的孩子一样。她高烧不止，我还用凉水给她降温，可是她病得太重了。"

我还能说什么？一切晚矣！护士带我们去临终关怀室。在这之前，我完全不知道"临终关怀室"有何用处。从我踏进房间那一刻起，我再也无法迈步向前。好多好多张床，床上一律都罩着白床单，看不到人头。有几张床上，床单之下停放着孩子的尸体。整个房间寂静无比。护士带我们走到房间的拐角处，在最小的一张床前站下。她掀开白布的一角，露出李英的小脸儿。啊，昨日那临别一瞥竟成永别！我平生第一次看到那么通红的一张脸，那是我的李英。她安息了，离我而去。我知道她要去哪儿吗？她人已经不在了，只留下一张面具，苍白、平静。我再也不会找到她了，她已经不在那儿了，她安息了。生前，她的脸上从来不曾出现此刻的安详神情。她终于无须忍受痛苦的折磨。生，对于她就只有痛苦。她甚至都没学会笑一笑。她的去世之于我的意义，以及她的离开所带来的后果，我全明白了。一切都无法改变。我的眼泪止不住地流下来，泪珠滴在那遮盖着我的宝宝的白布上。

护士用白布重新盖上李英的脸。李英永远不在了。“清晨之花”就像一颗流星一样，转瞬即逝。自此，李英只会永远活在我的记忆里。

我没有力气去参加李英的葬礼。我躺在床上，想起了母亲。当四个男子合上装有小弟弟尸体的棺材，抬着它去墓地时，母亲只能躺在床上哭泣。我的思绪从来没有像现在这样接近母亲。我在床上躺着，而李英的棺木已埋入地下，大地会永远收留她。我躺在床上，哭泣着。雄飞从墓地回到家后，对我说：“你的确不该去墓地，那场景太令人伤心了。我在李英的棺木上放了很多花，我们会永远爱着她的。”

我只是哭个不停。雄飞试着安慰我：“这样也好。不然，李英活着也不幸福。”

雄飞强忍泪水，可我却做不到，继续哭着。晚上，有朋友来看望我们，他们都劝我：“别哭了。你们还年轻，今后还有机会生很多个孩子。”

这又有什么用呢？李英不在了。

晚上，我给姐姐写信："我的清晨之花凋谢了。"

李英只在这个世界上逗留了十三个月。葬礼过后没几天，我收到通知：按医嘱给李英定做的鞋已经到店，我可以去取了。

第六章

儿媳妇归门

忍受着内心无尽的悲伤，克服外在现实中无数的困难，我完成了在巴黎自由政治学堂的三年学业，成为从这所大学毕业的第一位中国女学生。我当然可以在巴黎索邦大学继续读博士，可是这时候，我又怀孕了。自从小李英去世后，我一直盼望着能再有一个孩子，唯有这样才能真正弥补李英去世带给我的心灵创伤。我不想留在国外，李英事件太苦涩了，我不想再经历一次。我要回中国，让我的第二个孩子在中国出生，在中国长大。大不了，等以后时机成熟了，我再回巴黎做我的博士论文。我不想让我的第二个孩子也经历那悲伤的医院、强盗式的婴儿托管院和刽子手般的儿童医院。回家！回家！我要像母亲生小弟弟那样，像我的嫂子生小侄子那样，把我的第二个孩子带到世上。回家！回家！雄飞本来不同意我回国的想法，但发现我想家想得几乎要发疯时，就有些动摇。再加上，那段时间里，他自己的身体也不是很好，需要更好的护理，所以，最终他还是决定给家里写信。他的母亲，也就是我未曾谋面的婆婆同意我们先回国，等以后我要写博士论文时再返回巴黎。妇科大夫根据我的身体状况，确认我可以乘坐由巴黎始发，经由柏林、华沙、莫斯科、哈尔滨，最终抵达天津的国际列车。啊，终于可以回家了！我虽隐隐感觉有些不安，但依然满心欢喜。

这趟穿越寒冷和白雪的旅行长达整整十五天，令我疲惫不堪。从车窗放眼望去，外面已是深冬时节，除了一片又一片被皑皑白雪覆盖的大地，别无其他风光。偶尔会有小木屋一闪而过。每当火车进站，乘客们就去接些热水。如果火车停靠十五分钟的话，大家也可以伸伸腿或站起来四处活动活动。火车终于抵达哈尔滨站！我回到了我的祖国！当我站在黑暗里看到街上那几家小小的水果摊，还有摊前挂着的那一盏盏煤油灯时，我有些许回到家的感觉。而当我坐在饭馆吃着热乎乎的饭菜时，我的思乡之情彻底得到了慰藉。

中国人讲“嫁出去的闺女泼出去的水”，我不可以随便回我双亲的家，因为我现在属于婆家，是李家人了。

李家派了两辆车到天津火车站，接自家儿子和我这没见过面的儿媳回家。

还没到大门口，就有一个女佣上来往我们两人嘴里各塞一块糖。甜象征着幸福,我们两个应该幸福地生活,一起变老。

婆婆的房子是新式建筑。我们踏进大门，入门右手边就是婆婆的房间。一家之主——我的婆婆就站在房前，她身材高瘦，鼻梁上架着一副玳瑁眼镜，嘴里抽着一支香烟，头上戴着一顶老式的女帽。

我们随婆婆走进房间。房间一侧供奉着祖先的牌位，正中央摆着一张饭桌。除此之外，房内还放着一张小床，婆婆平时就睡在上面。房内光线极暗,弥漫着蜡烛和焚香的味道。在我被允许靠近婆婆之前，必须要行一系列的礼仪。我和雄飞先对着祖先牌位拜了拜，然后给婆婆鞠躬。雄飞落泪了，婆婆对他说："好了好了，现在你回自己家了，一切都会好起来的。"可我得忍着不让眼泪流下来。突然之间，我明白了，此刻我并不是在自己家，而是在陌生人之处。若是我流泪的话，谁又会对我说句暖心的话呢？搞不好还会得罪我的婆婆。我强忍住内心的疼痛，不让任何人察觉。

雄飞向我介绍他的哥哥、嫂子，一个侄儿和三个侄女。我对他们尽可能显得很有礼貌，很亲切。因为爱着雄飞，所以我也想爱他们。亲友相见的过程很简单，礼仪很快进行完毕。所有的一切都跟我的娘家不同。婆婆送给我两只带钻的手镯作为见面礼。现在，我是她的儿媳了。她的这个儿媳来自比她还要富有、博学的官宦书香之家，而且还是刚从巴黎学成归来的女硕士。我自然吸引了大家的注意力，可是我尽可能让自己显得谦卑而友好。

从今天开始，我回娘家已经不是一件理所当然、简单的事情了。我得尝试在李家找寻亲情，我倒也这么想，可是怎么找？怎么找？

我去世的公公曾经是个步军衙门统领。可是在这个家里，真正被称为将军的却是我的婆婆。她不太好相处，很小气，喜欢到处发号施令。她是北方人，几乎不识字。她常常盯着我看，我能察觉她厚厚的眼镜片后露出的不信任的眼神。晚饭菜式简单，吃饭时大家都显得很开心，只有我保持安静。我很难融入他们家人的谈话，他们所说的一切对我都是陌生的。席间也极少有人跟我搭话。小李英已经去世，再说她也只不过是个女婴，大家都不提她。

在这个家里，除了我们，还有李家的三个女儿和婆婆住在一起。大女儿虽然已婚，大多时间却都住在娘家。她没有公婆，她的先生有时候来李家看望她。她是婆婆最喜欢的一个女儿，因为她深知用哪些话来讨母亲的欢心。也只有她，可以从说一不二的母亲那里得到自己想要的。她经常撒谎，所以就算她讲些好的事情，大家也怀疑其真实性，可是唯有我的婆婆相信自己的宝贝大女儿所说的一切。

虽然婆婆很有权威，但是三个女儿并不会准时来吃早饭，尤其是大女儿。她一般凌晨三四点才上床睡觉，下午两点前，她是不会出现的。她来到后，先坐在自己母亲身边，然后吸上一支烟。至于午饭，她是无所谓的，反正她从来都没食欲。

我和雄飞的房间在一楼，我们俩总是准时出现。可是在这个家里，“准时”没有任何意义。午饭时间，饭桌上常常只有我和雄飞两个人。我的婆婆也很少正经坐在大餐桌前和我们一起就餐。有时候，她在饭前吃个点心，这样等到吃饭时，她就没有了食欲，也就不过来吃饭了。再说，饭桌上也没几样菜，我总是吃不饱。我尽可能在婆婆的房间里多待一会儿，以尽孝道。她的房间一般到下午就开始变得很阴暗。她不太喜欢开灯，她的床头柜上的台灯总是被报纸罩住一半。吃完晚饭后，她就上床歇息，然后半夜醒来，抽上一支烟，再吃些抹了黄油的吐司。李家人很少出门，最多不过是坐车去雄飞哥哥那儿，或者去铺子里买东西。因此，在李家住了没几天，我都快分不清是上午还是下午，是白天还是黑夜了。

我同样也搞不清，在这个家里，何时开饭，何时就寝，何人负责何事。我也察觉不出，我到底是在天津，还是在其他什么地方。我感觉自己总是犯困挨饿。我多么想饱饱地大吃一顿，然后再美美地大睡一觉。

雄飞的哥哥很会拉胡琴，他的小妹会和着琴声唱戏。这算是李家的爱好，但在我看来，这恰恰是最无聊的。

有多少次我都想起我双亲的家！那个家离这个家近在咫尺，却似远在天涯。没有正当理由，我是不可以随便回那个家的。我的天呀！

有一天，我接到了大哥明和打来的电话。他说，双亲让他打电话给我，约着在哪里见一面聊一聊。我禀告了婆婆，获得她的准许，便跟和哥约在一家餐厅见面。就要再见到和哥了，我心情舒畅。距离上次在站台与和哥相聚，已经有好几年了。那一次，他也是奉双亲之命去接我。见到我后，他用疼爱的眼神看着我，估计想说："看看你这个丫头干的傻事。"

但他最终什么都没说，只是转告了双亲的原话："没问题，一切都好。你可以去上学读书，也可以随时回家。"今天，又是他联系了我，当然还是奉双亲之命。见面时他会跟我聊什么呢？李家派车送我去餐厅。终于可以见到我的娘家人了，而且还是我亲爱的明和哥哥！这就像黑暗里透出的一缕阳光。四年过去了，他的容貌几乎没变，性格也如从前，十分安静。我们坐下一起吃饭，我终于可以饱餐一顿了。他疼爱地看着我，估计又想说："看看你这个丫头干的傻事。"但他最终还是什么都没说。

他开口说的是："双亲对你的婚姻不是很满意，但父亲说，他会选个日子让你们回门。仪式是必须要有的，家里重要的亲戚都会被邀请参加。你肯定能想到，到时候你和雄飞免不了要不停地向他们鞠躬寒暄。仪式结束后，对外，雄飞才正式成为咱们家的姑爷。但是，双亲不想见雄飞的母亲和他的哥嫂姐妹们。"

我问和哥，为什么双亲不能考虑一下我的处境，跟雄飞的家人见个面。和哥辩驳说："这不可能！双亲说了，没办法替你考虑。你现在只能按照风俗行事。双亲根本不喜欢李家，他们配不上我们家。虽然李家老爷曾是个将军，但仍不过是个行伍之人，怎能跟我们书香门第相提并论。再说，这是你自己找的婆家，并没有经由媒妁之言、父母之命。”

我接着又问：“仪式结束后，我可以在家里小住几天吗？”

“我不知道是否可以。我猜应该不行。这个我们以后再商量，你不用太担心。”

我起身同和哥告别，并诚挚地感谢他请我吃饭。他肯定想象不到，这些天，我有多么饥饿。我坐车又回到了李家。是啊，从此以后，我就没有自己的家了。家！家！我的家到底在哪里？

回门的日子到了，这一天，父母将正式对外宣布他们的女儿已经结婚。当天上午，我和雄飞乘车到了我的娘家。阔别四年，我终于又回到了这个家，不是一个人，也不再以女儿的身份，而是作为“一盆泼出去的水”回来了。我的婚姻没有媒妁之言，也不是父母之命，是我自己选了个丈夫带回来给双亲看。被我挑中的这个男人，四年前离开家时，还只是我的同学，和我共赴法国求学。四年后归家时，他已经是我的丈夫，是我那夭折的孩子的父亲。

我双亲的家一如从前，没有变化。宾客络绎不绝，人头攒动，这还只是邀请了家里的至亲。整所房子里飘散着燃蜡、焚香、葡萄酒以及佳肴的味道。周家二小姐在国外结了婚，现在带她的先生来回门了！

我要先在祖先牌位前鞠躬，告知先人我已出嫁，不再是周家人。然后，我和雄飞一起，给在座的奶奶、双亲、伯父伯母们等一众亲戚鞠躬，在这儿可不像在李家，仪式那么简单省事儿。我被周家这烦琐的礼节和那众多的亲戚搞得精疲力竭。

因为是大喜的日子，好多桌子上都铺着红桌布，桌上摆满了美味佳肴。这是非常正式的喜宴，我跟母亲和奶奶坐在同一张桌前。母亲面露悲伤之色，显得有些憔悴衰老。她一句话也不讲，变得比以前更加沉默。我明白她的心思，她此刻肯定在想："我女儿回家了，可是我的两个儿子却再也回不来了。"母亲从没再跟我提起两个死去的弟弟。他们的不幸早逝耗尽了她的气力，就算只是说起他们两个的名字，她也做不到。

我的奶奶帮我布菜。我是全桌上最有食欲的一个，其他人都吃得很少，他们中的大多数对我来说都是陌生面孔。席间有一位年轻漂亮的女子，肤色有些苍白，神情有些落寞。她是谁啊？她一定是我的四弟媳。看到我，她当然也高兴不起来。她或许在想："姐姐回来了，可弟弟呢？"

家里的一个老女佣走过来说："二小姐，您怎么变得这么瘦啊。国外的日子肯定不好过。看看，您实在是太瘦了。"她指着我细细的手腕，请坐在我身边的奶奶看。她又怎会想到，我其实是在婆婆家饿瘦的。

"坐在我对面的那个孩子是谁？"我瞅准机会问老女佣。

她附在我耳边轻声说："那是四少爷的儿子。"

多么令人悲伤！以前，坐在我对面的是我的四弟，而今却是他的儿子。小侄子的长相酷似他的父亲。四弟病逝后，他出生了。女佣如此小声提起四弟，更让我觉得，全家还在为四弟的离世深感悲痛。大家在母亲面前都闭口不谈此事。

来参加喜宴的亲戚们按照性别分桌而坐，男人和男人，女人和女人。雄飞在另外一个房间，和父亲、伯父们、堂兄弟们，以及其他男戚坐在一起。

吃过饭后，我踱步到双亲的房间，如同我们四年前那样。但可惜没有兄弟姐姐陪我一起来。和哥还在另外一个房间和其他男人待在一起，姐姐住在北平没回来。我没有其他的姊妹了，这种孤独感让我倍感压抑和沮丧。或许母亲的感受也是如此。

房间的陈设没有任何变化，一如四年前。母亲的梳妆台、父亲的书桌、沙发、椅子，所有一切都还在它们原来的位置，没有被挪动的痕迹。啊，那棵石榴树！那是由母亲几年前亲手种下的一颗石榴籽长成的。这些年过去，它已长大，枝头挂着两个漂亮的石榴。

“这是原来的那棵小石榴吗？”我问母亲。

她嘴角露出一丝笑意，说：“是的。想不到吧。”

“太令人难以置信了！太了不起了！母亲。”

关于我在国外的经历以及在婆家的生活情况，母亲只字没问。是啊，何必问呢，反正这两者都不如她所愿。

再也找不回以前我熟悉的那个母亲了。她变得不苟言笑。因为哭泣太多，她的眼睛也有了毛病。她说话时，嗓子里总像有抽噎声。可怜的母亲，我也无法安慰她。除了父亲，没有任何人可以给她安慰，父亲一向都很爱母亲。

我走上一楼，去看我过去的闺房。楼梯嘎吱嘎吱，声响比以前还要大。我和杏姐一起住过的那个房间，现在属于我寡居的弟媳和她的儿子。当年，我就在这个房间里做着自己的出国梦。我的视线常常透过房间的那扇窗户，梦想着外面的精彩世界。我还记得那时，每个周日上午都有一队英国士兵奏着军乐从我家窗前正步走过。那时我想，英国士兵在我们的国土上，这太不公道了！

这个房间旁边就是四弟住过的屋子。婚后他仍然住在这里，可惜短短六个月之后，他就生了病。病后第五天，他就离开了人世。现在，作为纪念，房间保留了他在世时的原貌，房里祭桌的上方挂着他的遗像。房门被锁了起来，钥匙由他太太保管。每天早上，她都会进去，在丈夫的遗像前诵经，续燃新香。她还自己写诗，然后对着丈夫的遗像把诗稿烧掉，以此来祭拜他。他们的儿子不可以踏进这个房间。我没有胆量走入这里，可是弟媳却不怕，她觉得自己的丈夫好像依然活在这个房间里。而我这个做姐姐的，却鼓不起勇气踏进房间去看望一下自己的弟弟。

三弟生前居住的房间里摆着两个牌位，上面分别写着三弟和四弟的名字。一楼几乎变成了寺庙，多么令人悲伤！母亲再也不到一楼来，她实在是没有那个力气了。

右图：母亲房中的摆设一切如旧。

我待在四弟媳的房间里，找寻着儿时在这个房间的记忆，种种情景历历在目。

接近傍晚时，我该回婆家了。我请四弟媳帮着去问问母亲，我可否在家住几日。母亲让她转告我："家里没有多余的客房。"我，出嫁的闺女，泼出去的水，再也收不回来了。这水还是我自己泼出去的，我又有什么可抱怨的呢？

我希望能在雄飞家找到家的感觉，当然还有亲情。最初的日子里，婆婆还比较收敛，跟我还合得来。

慢慢地，她开始表现得比较情绪化，常常大喊大叫，毫不掩饰地把她的坏心情发泄到周围人身上。我尽可能避免与她有正面冲突。我渐渐也明白，婆婆其实是不喜欢我的。如果我讲话少，她就会认为我清高自傲。可是，我真的不知道，该跟李家这些与我思想、兴趣爱好完全不同的成员聊些什么。国外的事儿，雄飞自己就已经讲得够多的了。在娘家时，我没有和双亲聊天的习惯。我们家的家教是，要尊敬父母，只有当父母问话时，才可以回答。可是婆婆又怎么会理解呢？再比如穿衣。如果我没有像姑姐那样穿得妩媚时髦些，她就会觉得我不够漂亮。可是我家的家教不是这样的，母亲一直教育我们："棉布衣服要比丝绸华服穿着暖和舒适。"在我们家里，没有人准许我穿衣打扮得妩媚。时髦对我完全是陌生的，婆婆和姑姐们又怎么会懂这种内敛呢？假若她们唱戏时，我没有为她们叫好或者表现出兴奋赞赏的样子，她们就会觉得我很不友好。我又听不懂她们唱的是什么，怎么还能表现出饶有兴味的样子？我们家的家教不是这样的。母亲从不容许我们在家里唱歌，或者弹乐器。我只学过作诗和刺绣，可我的婆婆和姑姐们又怎会懂这些艺术呢？

我已经表现得很礼貌、很谦卑，可婆婆依然不喜欢我。当然她也有她的道理，谁让双亲没有按照风俗会亲家呢。

快过年了，婆婆的心情变得越来越差。为什么她老是这样？性格使然。雄飞建议我亲自下厨房给婆婆煲鸭子，以此讨取她的欢心。厨房在地下室，当我到那儿时，婆婆正在厨房颐指气使。我才发现，李家的厨子对婆婆这位家里的将军怕得要死。我开始炖鸭子，正巧这时，我娘家的一个仆人来李家送东西。他看见我在厨房里做饭，惊讶极了。回到双亲那儿后，他就禀告他们："二小姐在李家要自己下厨房炖鸭子做饭。"

可我的婆婆并未因为我给她炖了鸭子而给我好脸色看。她的心情依然很差，她好像谁都不喜欢。我无数次想起在自己家的日子，想起母亲在过年时端着满满一大碗甜食，挨个儿分给我们几个兄弟姐妹的情景。整个正月里，我们天天都有好吃的。我们大家一起玩色子，赢了的孩子会从母亲那儿得到些钱。我们只赢不输。可惜这样的爱心，我的婆婆从来没有带给她的孩子们，她完全是另外一个样子。除夕夜和大年初一毫无喜庆地过去了。年初二，我可以去双亲家给他们拜年。再次回到娘家，我几乎要流泪了，可是我不能，再说哭也没有用，泼出去的水收不回来了。我又可以吃得饱饱的，就像母亲说的："吃个新年饱。"她同情我的处境，虽然她话不多，也很少问我什么，但这次却向我打听："为什么你得自己下厨房炖鸭子呢？"

"哦，那是我自愿的，不是婆婆让我去的。"我马上解释道，可内心深处却很是伤心。

母亲继续说道："我听说，你的婆婆脾气不好。"用人们一直都扮演着穿梭于亲戚各家之间传信捎话的角色，娘家的仆人肯定从李家的仆人那里打探到了各色消息，禀告了双亲。我还能说什么？以前，我还是周家小姐时，在家里脾气也是极差，那时候母亲甚至对我说："我真希望你今后遇上个坏婆婆，好好管管你。"果不其然，我现在的婆婆的确很难相处。可我又能说什么呢？天色渐暗，我得结束拜望回婆家去了。母亲想让我带些包好的熏鱼走。哦，不，母亲！我不能要啊。

以前，每到周日晚上，我和杏姐坐车回大学校园时，父亲总会关心地问："包裹也带上了吧？"当然带上了。包裹里除了其他物件儿，还总会有熏鱼，非常美味的熏鱼！有了这些东西，我和姐姐至少可以开心地吃上两天。有一次，双亲去大学看望我们姐妹时，母亲带给我们两个包裹："一个给你们俩，另一个给你们的弟弟。"母亲爱孩子的心依然未变，可我却一心想着离开双亲，出去看世界。现在我看完世界回来了，却变成了那泼出去的水。母亲曾经说过："等我女儿出嫁后，我绝不会派人给她送吃的。"她说这话的意思是，她不想让女儿的婆婆感到难堪。现在我已出嫁，有了婆婆。可是这个婆婆不是母亲替我找的，是我自己送上门去的。我的婆婆不喜欢我，对我也不好，可尽管如此，我也不能把这熏鱼带回婆家去。我怎么能在婆家吃娘家给的熏鱼呢？它们只会让我倍加怀念双亲对我的好心好意。

要是涉及钱，我的婆婆就会更加让人难以忍受。雄飞和我想去北平，雄飞要去北平看病治疗，我则想去看望和哥和杏姐。我们自己没有多少钱。之前，我出国读书还有回国的费用都是父亲支付的，但是现在，我嫁到了李家，父亲就不再为我花钱了。婆婆不想给她儿子出钱，更别提我这个儿媳了。她甚至都不想我们跟她一起住，她认为这会花她很多钱。有一天，我听见她的咆哮声，后来就看见我们的一些东西被相继扔在走廊上。瞬间我就彻底明白：我们绝对不能再住在这里了，我的忍耐到了尽头。不管她了，我和雄飞用我们回国时剩下的一点积蓄坐车去北平。家！家！哪里才是我的家？

第七章

甜梨般的心里美

婆婆在北平有一处像王府一样的四合院。院子很大，有几进几出，近百个房间。除了主院，其他院落都出租给别人。负责打理出租事宜的是同婆婆相识已久的一对夫妇，他们也住在这座宅子里。那个没被租赁的主院，由婆婆最宠爱的大女儿和她的现任丈夫以及六岁的儿子居住，这个儿子是现任丈夫带过来的。大姑姐的现任丈夫姓潘，因为他既没钱又没地位，所以他虽然娶了有钱的李小姐，在家里说话却没有任何分量。我的婆婆才是一家之主，只要婆婆想，完全可以随时随地将他扫地出门。他的太太不怎么愿意跟他待在一起，经常去天津跟自己的母亲久住。而且，只要她在北平跟丈夫住得稍久一些，她的母亲就会不断打电话让她回天津。我的婆婆会贴己地跟自己的女儿说：“女人干吗要老围着她的男人转？”她不喜欢自己的女婿，她女婿也不喜欢她，可他说了不算。这个潘姐夫爱花钱，可是又懒得出去工作，当然他也不必去工作，反正他的岳母给他房住，给他钱花。既然这样，他的岳母自然就有权对他指手画脚，显示“将军”的威力。潘姐夫不仅不努力让自己变得独立，反而绞尽脑汁，想着法子，通过耍阴谋诡计和溜须拍马，从他的岳母那里骗取更多的钱财。吃吃喝喝，睡大觉，出去遛弯儿玩耍，就是他生活的全部。他特别善于高调地对岳母歌功颂德，尤其是当岳母亲手给他钱的时候。大多数时候，潘姐夫独自和儿子住在北平的大宅院里，无所事事。他话比较多，笑起来声音很大。可是，他在李家没有地位，谁让他在这个家是个吃软饭的呢。

我们到北平后，直接去潘姐夫住的大宅院。这里是雄飞家的宅院，雄飞自然是回自己的家，而不是来投奔潘姐夫。房子里的家具都是李家买的，这里没有一样东西属于潘姐夫，潘姐夫只得把卧室腾出来。在雄飞大姐回京前的这段日子里，我们就暂居这里了。吃饭怎么办呢？潘姐夫可没钱管我们吃喝，我和雄飞得自己想办法解决。雄飞那日渐恶化的身体，我肚子里即将出生的孩子，以及眼下我们的生存等，这所有的问题令我担忧，让我头疼不已。可是，想到可以在北平见到我的姐姐和哥哥，我也感到高兴，我要立刻去找他们。

杏姐自小和我一起长大。以前，我们同住一个房间，经常穿一样的衣服。四年后，当我再见到她时，她已经嫁为人妇，并且是两个孩子的妈妈了。她嫁的人姓刘，是一名教员，家境很不富裕。他自己的薪金不足以养活全家，所以父亲还要每月贴补他们。可是，为了这点钱，每个月杏姐都要去和双亲苦苦相争。杏姐跟我一样，也是娘家泼出去的水，为什么父亲还要给她钱花呢？这个家境一般、本人也极其普通的刘先生，是杏姐自己找寻的，父亲又有什么义务去帮助一个穷女婿呢？杏姐日子过得非常拮据，每月的钱总是不够花，所以杏姐就只能求我们唯一在世的和哥去同母亲说情。母亲总是心疼自家孩子的，她想法儿说服父亲去接济女儿，而最终，杏姐也能得到她急需的钱。可是，那是怎样的斗争啊。每次收到钱时，杏姐都得听着长辈的嘱咐："省着点儿花。"我们的嫂子也会这样叮嘱她。

终于又见到了杏姐，我欣喜若狂。杏姐愈加文静，性情越来越随母亲。她不爱说话，身材一如从前苗条，脑子里装满了忧虑。她的丈夫刘先生，也不似从前那样风趣幽默，变成了一位成熟稳重的父亲。

我踏进杏姐家的院子，一只狗立刻汪汪大叫，向主人告知我的到来，它旁边还有一只猫。这是一座朴素、典型的北平小四合院。杏姐家让我有种熟悉的感觉，房间里的一个柜子和一些家具是杏姐从双亲家带过来的陪嫁，这些家具让我不由得想起我们两个从前一起住过的闺房。因为杏姐家的房子小，所以房内有些昏暗。可是不管怎样，她家还有两个保姆、一个用人及一名厨师，照顾孩子们以及全家人的生活。一进入这个院子，我竟然有一种久违的回家的感觉，尽管我现在也不知道，我们姐妹俩彼此能聊些什么，毕竟我们已有四年不见了。

“姐，当我作为一个自由的巴黎大学生漫步在圣日耳曼大道上时，我时常想起你。不过这都成为过去了。姐，我的清晨之花不在了。姐，你成了家，有了两个儿子，可我到现在连个自己的家都没有。我还在等着我的孩子出生。姐，我们的青年时代飞逝即过，我没想到，生活的道路如此艰难。姐，跟我讲讲你的情况吧。”

在我的清晨之花离开人世后，杏姐是唯一一个向我询问她的情况的人。听我讲完后，她唏嘘不已，表达了无尽的同情。

“你知道吗？我的大儿子晓平也不健康。他出生时，由于难产，大脑受到了损伤，治不好。他这辈子都是个智障，永远都学不会说话。但这又能怎样？他是我的孩子，不管他是什么样子，我都会爱他。这世上只有母亲才会无私地爱自己的孩子，他父亲就不喜欢他。你姐夫心烦的时候会冲他发脾气，骂他。晓平什么也不懂，他又不会说话。可是只要我还活着，就不会让他不幸福。不然，这个世上就没有人疼爱他了。这虽然有些不幸，但我依然感到庆幸，因为至少他还活着，能一直留在我身边。我的二儿子晓光出生时非常顺利，他一切正常。他看上去很聪明，才五个月大。”

晓光被乳母抱着，脑袋偏向一侧，嘴里流出一点口水。看着他，我的思绪飘向了死去的李英。我的清晨之花再也不在我身边了，她过早地被折断了。我现在只希望，我的第二个孩子可以在中国、在家里平安出生。可是，我的家在哪里呢？我鼓不起勇气跟杏姐说这些。

杏姐跟我讲起去世的昌弟和椿弟，他们的去世令母亲遭受了命运的重创。杏姐伤心得几乎说不下去了。多年前，小弟弟在孩童时期不幸夭折，我们家的太阳也随之坠落。而今，又有两个弟弟在两个月内相继撒手人寰，留下各自的妻子和孩子在世。全家人，尤其是母亲，一起承受着因他们离世所带来的悲痛。从此，母亲再也不会笑了。外婆和小弟弟还活着时，她曾是那么幸福快乐，脸上常带着笑。如今，那个时候的母亲离我们远去了，我们再也找不回开心的她。她满脸布满了忧伤的皱纹，令人一眼就能看出，她虽还活着，但心已破碎不堪。这两个弟弟的离世，甚于那永远坠落的太阳。即便是我的红通通的婚礼，都无法代替那已消逝的太阳。他们去世后，全家跌入黑暗的深渊。尚存留人世的三个成人子女，尤其是我，根本不能抚慰母亲破碎的心。

我试着从姐夫身上找到他年轻时的影子，找到那个四年前我在西山、天津和香港所认识的刘先生。可是，年轻时候的刘先生也不复存在，现在他已为人夫、为人父，幸福地和杏姐及孩子们生活在一起。为什么我总是想要从别人身上找寻当初的那个他或她呢？每次，这样的尝试只会让我失望。人是会随时间改变的。他是个好姐夫，也是个好丈夫，为了杏姐肯做一切。他不想让杏姐受婆婆的气，就让他的母亲独自留在广东老家住，但是他还是定期寄给老母一些赡养费，尽管他自己并不富裕。

我也去看望了和哥和嫂嫂，他们很富有，住在一座父亲为他们置下的大宅院里。一个用人去禀报了我的到来。我去法国前，和哥已经有五个孩子，现在又添了子女，一共九个。在天津时，我已经跟和哥见过一次。我很高兴，现在可以再见到嫂嫂和他们的孩子们。和哥家里有五十个房间，二十个用人。除此之外，他在西山还有避暑别墅。这所有的一切都是父亲给他的。他不必努力工作，父亲给他的钱，足够他不用工作也可以养活这一大家人。和哥只需做他的思想家、诗人和佛教徒就好了。和哥在家里设了个佛堂，大部分时间他都待在那里，诵经打坐。他是北平很多寺院的施主，自然也只吃素食。他一向少言寡语，也不会多问归国小妹的情况。与他相反，我的嫂嫂对我的婆婆非常感兴趣：她到底富成什么样啊？她怎样管家啊？在她的眼里，我应该是她嫁作富人妇的小姑子。常人都会觉得，婆婆肯定善待于我，我过得要比嫁入寒门的杏姐好多了。

我告诉了嫂嫂我在婆家的经历。她真应该感谢老天对她的眷顾，让她碰上像诗人一样的婆婆——我的母亲。她给双亲生了五个孙儿。当初我和母亲一起在戏院的包厢里偷偷相看的那个姑娘，的确是合母亲心意的好儿媳。嫂嫂有些发福，她本来就有个大肚子，让人不好确定，她是不是又有孕在身。她年年有喜，年年顺产。她一向好心情，也总有好胃口。吃饭时，餐桌上有一半菜是给和哥准备的素食，另外一半则是鸡鸭鱼肉，供嫂嫂和孩子们吃。我坐在嫂子旁边，无论荤素，专拣饭桌上那些我在婆婆家和杏姐家都吃不到的珍馐美味来大快朵颐。和哥很好客，他喜欢邀请别人来家吃饭。每次在他家就餐，对我来说都是享受。我喜欢去和哥家吃饭。

我很幸运，有和哥及杏姐在北平。我带着雄飞去他们的家，他们回回都热情招待雄飞。但是雄飞得去医院，他要住院一段时间。我陪着雄飞去北平的德国医院。我小时候非常喜欢去医院，曾经甚至梦想长大做一名医生。可是现在，医院对我却意味着一场考验。

总算只有我和雄飞两个人了。德国大夫给雄飞做完了检查，然后用法语问我："您的嘴唇怎么这么红？是为了美才涂得这么红吗？年轻人，要知道，健康才是美。"雄飞需要静养，大夫建议他去西山疗养。没有一个人——包括大夫，相信我们竟然拿不出钱去疗养！夜里，我难以成寐。我又开始后悔，没有留在巴黎。我真的该为没留在那里感到遗憾吗？明明是在巴黎，我失去了我的清晨之花。我当然不想再冒一次失去孩子的风险，但是，如果我之前知道，在中国我也没有多少欢乐，而且也找不到属于自己的家，我还会决定回国吗？我还想到自己的博士学位。就算雄飞身体能够痊愈，我又怎样才能为我肚里的孩子找到一个家，好让我日后安心回到巴黎，继续攻读博士学位呢？我又该在哪里把他生下来呢？我们头上无片瓦，包里无分文，谁又会来援助我们呢？嫂嫂已经暗示，一个婴儿不可以在母亲的娘家人的家里出生。这也就是说，和哥那五十间房的房门已经彻底对我关闭。杏姐也没办法长期收留我，她家里实在没有多余的地方。我的婆婆根本就不关心我们，而我自己也不想跟她再有什么瓜葛。夜深时分，我满怀心事，忧虑重重，忍受着失眠的折磨，只能静静地流泪。谁？谁能告诉我，到底怎么做才是对的？医院的中央暖气管道时不时发出吱吱的声音，只有它回应了我这无解的问题。

杏姐常常在下午来探望我们。探视后，她就带我一起回她家吃晚饭。我们会一起步行一段路，路上，杏姐停下要买些新鲜水灵的水果。长长的北平主街上有很多水果摊，我问完摊主水果的价钱，就要拿包付钱。

可是杏姐却拦住我，轻声说："别这么急着付钱，要学会讲价钱。"杏姐开始跟摊主讲价，一次，两次，都没用。我悄悄跟她说："买吧。"

"不，不买。我们走。你等着瞧好戏。"杏姐答道。

结果，我们没走出几步，卖水果的就喊道："回来回来，就按您说的价儿。"

杏姐很高兴，她又胜一局。有些货物就算是已经明码标价，你仍然可以跟货主讲价。杏姐一再提醒我："一定要有耐心，要沉住气。"有一次，我们光顾了三家水果摊，才得到了她想要的价格。我当时一直担心，我们要买不到那些好的水果了。

吃完晚饭后，杏姐总说："要是你明晚还来吃饭，我就可以提前跟厨师说一下，让他做些你爱吃的菜。你明晚再来我这儿吃吧。"

我跟姐夫相聊甚欢。有一次，有个小贩在巷子里高声叫卖。"他在喊什么？"我问杏姐。

"你听不出来吗？他在卖他的心里美萝卜。像鸭梨一样甜的心里美，你想尝尝吗？"未等我回答，杏姐就唤来女佣，吩咐她去买几个心里美萝卜回来。

这是有名的北平水萝卜，翠绿的外皮儿，通红的心儿，很甜，很脆，有鸭梨的味道。饭后吃些脆萝卜，很舒服。小贩说得对："像鸭梨一样甜的心里美萝卜哎。"如同叫卖的那样好听，也如叫卖的那样好吃。

十点前，我必须要赶回到医院。我坐在人力车里穿过黑黑的巷子时，开始害怕起来，害怕又要回到那个昏暗的病房，虽然雄飞在那里等待着我的归来。漫长的黑夜里，我躺在床上，无法入眠。中央暖气管道又发出吱吱的怪声儿，长长的走廊上，每间病房前的小蓝灯微微闪烁着，光亮时隐时现。这是微弱的生命之火吗？有多少人已经死在了这家医院呢？我的朋友王小姐也是在这里去世的。当我踏进雄飞的病房时，突然有一个可怕的念头瞬间吓到了我：这该不会就是王小姐死前住的那间病房吧？我努力掩饰自己的不安，打起精神给雄飞讲些开心的事："对，就是萝卜，像鸭梨一样甜的心里美萝卜。它真的甜得像鸭梨一样。杏姐给我买来尝，我一口气吃了很多。那萝卜甜得像鸭梨，小贩没撒谎，像鸭梨一样甜的心里美萝卜哎。"

第八章

日求千次佛

我把雄飞送到西山去疗养。他的大姐帮他从他们的母亲那里要到了一些钱，来支付他的住院费和疗养费。我自己则回到杏姐家暂住。本来杏姐并没有多余的地方给我住，但是我很想和她在一起，她是我唯一可以求助并给予我同情的家人。我与晓光的乳娘共用晓光的房间，但我只不过是在那里睡个觉而已，我整天都和杏姐待在一起。我俩总能找到聊天的话题，但我们很少聊起孩子。晓平有智力缺陷，晓光还小。白天，我们一起去看望和哥或熟人，去散步并顺路买些新鲜的水果。到了晚上，我们和姐夫一起谈天说地。若是有小贩来门前叫卖：“心里美萝卜，同鸭梨一样甜！”姐姐就会看着我问：“你要不要吃？”我从来没说过“不”字。

每天，厨师都会让女佣来问，第二天他应该做什么饭菜。杏姐每次都让我来定，我常常点一些我喜欢吃的菜。杏姐表示同意，姐夫自然也不会反对。

我这个外来者贸然闯入杏姐的家，她却让我在她这里找到了家的温暖。只可惜，杏姐也没多少钱。她家的房子小而简朴，杏姐与和哥两家的生活方式就是穷人和富人的天壤之别。如果我有钱的话，一定会帮助杏姐。而现在，我只能住在她简陋的家里,让她为我破费。姐姐之于我,就像个小母亲。感谢上苍，能让我有这样一个姐姐！

跟杏姐在一起的幸福时光还能持续一个月，之后我的宝宝就要出生了。我们在红十字会下属的一家产科医院里预订了一间产房。住院费极其便宜，每天只要一美金，还包三餐。若是德国医院，每天要十二美金呢！我很庆幸能找到这家医院。真的，全北平都不会有比这家更便宜的医院了。我享受着跟姐姐在一起的每一天，想到这样的美好日子还能持续一个月，我就感到很幸福。但是，一天下午，我突然感觉很不舒服，肚子剧痛，杏姐赶紧把我送到红十字会的产科医院。身为助产士的院长亲自给我做检查，她担心我会早产，提出让我留院观察，等到我的身体状况变好后再回家，然后等孩子快出生时再回来。但眼下我必须要在医院住几天。

我不得不离开杏姐家，尽管那里舒服得让我把它当成了自己的家。现在，我得独自躺在产科医院等着康复。

我心里无声地抗拒着院长的建议。怎么可以这样！但毫无用处。我只能一个人留在医院里，躺在病床上无奈地等待着，脑子里胡思乱想，做着各色的梦幻，期盼着。我通知了雄飞我住院的事情，但告诉他，不必着急赶来看我，他应该继续安心疗养。

这一整天里我等啊等，等啊等。这个孩子不应该现在就出生，不然这就又是一次非我所愿的早产。那我现在在等待什么呢？等待孩子的出生？可我并不想让他早产啊！院长问我，最近是否过于劳累。我当然劳累过度了。先是穿越西伯利亚的旅程，接着是一系列令人疲惫的归家仪式，之后还有这无尽的忧虑。

我一直在等待，等待可以重回杏姐家待产。不是说还有一个月吗？这一个月，我如果依然能在杏姐的家里，舒舒服服地度过就好了。

一天，两天，三天，很快第四天也静悄悄地过去了。我不再腹痛。可是这几天，我就像一个囚犯一样被关在这里。杏姐是唯一一个每天都来医院看我的人，她为我带来了生命的气息和新鲜的水果。她买这些水果时，大概又花了不少时间去跟商贩讨价还价。她说，她已经开始帮我给婴儿找乳娘了。

我想跟着杏姐回家。肚子里的孩子万万不可早早来到世上！我还有时间。可是，产科医院的院长和杏姐都不允许我出院。对此，我非常不开心，内心又开始默默抗拒。

红十字会的产科医院位于北平西城的一条灰头土脸的小胡同里。医院旁边是座兵营。整家医院一共只有三个房间和一个院子。病房几乎从不满员，只有一个女人隔三岔五地来就诊。黑色的院门总是紧闭着，院门旁边的墙上有一个凹进去的地方，里面放着一个空篮子。假若某一天（更多时候是在某个清晨），院长看到篮子里放着一个新生婴儿时，她一点儿都不会感到吃惊，因为这就是那个篮子的用处所在。被遗弃在篮子里的婴儿会被送到孤儿院。那些来此就诊的女子，大多是未婚的。

每天，我都在院子里溜达几百步。隔着低矮的院墙，我可以看到院外的树木。我注视着墙外，想去姐姐家。我不要像个囚犯一样被关在这里，当然，我早晚都得来这儿分娩，可为什么一定要这么早就来，在这儿苦等？

晚饭后，我独自躺在房间里。天色渐黑，我难以忍受这蔼蔼暮色。医院旁边的兵营里响起了嘹亮的军号声，令我难以承受。往事一幕幕浮现在我的眼前：童年，青少年，我的前半生。当孩童时代的我第一次听到这号声的时候，心情无比沉重悲伤。那时候，每一声号声传到我耳里时，都好似在提醒我“马上要结束了，马上要结束了”。后来长大些了，当我和我的朋友梁先生一起在中南海公园散步时，也是在暮色时分，我又听到了号声。我记得自己如做梦般走在梁先生的身旁，对他说：“小军号声总是让我伤心。”为什么我今天又听到了这号声？今日的我比那时更无法忍受这号声。它好像在告诉我：“一切都是徒劳的。”为什么它要明明白白地告诉我“一切都是徒劳的”？

号声总是在每个夜幕时分响起，我的心快要受不了了。我想流泪，可是无泪可流。我的心跌落进无尽的悲哀之渊。李英的脸，她那张去世时的脸，开始在我眼前浮现。我会在

右图：杏姐每天带给我新鲜水果。

这里把第二个李英带到世上吗？为什么我要大老远地从巴黎跑到北平，躺在红十字会产科医院的病床上？一定要这样吗？那这之后怎么办呢？我要去哪里呢？我不知道。我从巴黎返回北平，这难道是徒劳的吗？如果我留在巴黎，是不是会更好些？回答我的大概只有那号声："徒劳的，一切都是白费劲。"那号声没有，也不可能有其他的含义。夜幕时分响起的号声，总是让我心碎。

只剩一周了。一天夜里，那个时刻终于到来。身为助产士的院长来到我房间。我身边没有亲人陪伴，她也是一个人。这次分娩不会太复杂吧，一定要顺产。院长没有医疗助手，随着一波又一波的剧烈阵痛，我不停地问她："可以了吗？不会难产吧？"

她答道："我相信没问题。"

她怎么这么有信心？我对她不是很信任。

午夜过后两小时，我生下了我的第二个孩子。一个男孩出生了！我马上问院长："他健康吗？"

"是的，他一切都好，很健康。"我的儿子大声啼哭。他是一个正常的孩子。

"没有什么是徒劳的，没有什么是枉然的。"这才是那号声所表达的意思。是的，现在我终于明白了，从巴黎回到北平，不是瞎折腾，不是白费劲儿。我的儿子生在中国了，而且他是健康的、正常的。

好消息通过电话传给北平、天津两地的亲人。从早上八点起，就不断有人到窄小、阴暗、简陋的病房里来看望我和孩子。婆婆的管家老王带着小他二十岁的太太最先来到。“瞧瞧，这娃娃的脸长得跟他爷爷一模一样。”老王和他太太说，“奶奶要是看到这个小孙子，也要高兴死了。”

以前，我听母亲说过，谁第一个走进产房看到新生儿，孩子长大后的性格就会随这个人。我不了解老王的秉性如何，但如果我的儿子可以活到他这个岁数，我也就知足了。

很快，杏姐带着乳娘也来了。乳娘必须得和我年纪相仿，而且在我的孩子出生前一或两个月，也生过小孩。在我的房间里得再为她添置一张床，我的儿子躺在摇篮里，我这简陋的病房里一下子塞满了三条生命。另外，还不断有来访者。我不再是孤身一人了。照理说，我不应该再感觉孤独寂寞。

近十一点时，雄飞来看我了。他的脚还没踏进病房，我就能看到他脸上洋溢的喜悦之情。他面带微笑，慢慢地靠近病床，仔细打量着婴儿，紧紧地握着我的手，他开心极了。

我握着他的手却想哭，我承受了如此之多。我想告诉他：“为了这孩子，我吃了那么多苦，现在又得操心了。从巴黎辗转到北平， 我一个人受了那么多罪。我不行了，我真的撑不住了。”我强忍着泪水。生了儿子，怎可以落泪？该是无比喜悦啊。我怎么能在儿子的父亲面前哭呢，更何况，又有人来看望我们了。我强颜欢笑。心间紧聚乌云，我凝神用力将它驱散，一缕阳光刹那间透入心田。我淡淡地笑，雄飞问我，分娩是否困难。我答道：“还行，不困难。”他又问院长：“这孩子算是早产儿吗？”

“是的，早产两周。但是没关系，无大碍。”院长安慰我们道。

潘姐夫也来了。他跟雄飞边聊边大声笑：“我现在倒要看看，孩子奶奶会说什么。”他开门见山地对我又说，“某种意义上，我信佛。我听说，孩子出生后，若是母亲天天求佛一千次，保佑孩子长命百岁，连续十天不间断，这个孩子就真的会长命百岁。”

他的话刺痛了我的心，他为什么要说这个？他是不是想到了李英？是不是所有的人在这一刻都想到了我那死去的第一个孩子？或者仅仅是他一个人这样想？不过他能这样讲也不错,我会按他说的去做,天天念佛。但我不会让任何人知晓,当然也包括潘姐夫。

我和雄飞一起给刚出生的儿子取了名字,叫健林,寓意“像森林一样茁壮茂盛”。

很快,雄飞就得回西山去。其实,他也没必要继续留下来待在我身边。我现在不是孤身一人,前来看望我们母子的亲朋络绎不绝。下午,我的嫂嫂来看我。对于当妈妈,她已很有经验。看到我的儿子,她表示很惊叹。她对我说:“小宝宝入睡时的样子最可爱了。看看他这张小脸儿上的表情,还有这紧攥的小手儿。多好看的宝宝呀!你还疼吗?一般,产妇生完二胎后,会有产后痛,这很正常。生头胎时不会有这种疼痛。你要注意吃些容易消化的食物。”

嫂子当然也给我带来了红糖和新鲜的鸡蛋。产妇喝加了红糖的米粥,有益于促进血液循环和产后恢复。嫂嫂倒背着手,挺着圆鼓鼓的肚子,在病房里来来回回踱着步,思考着,然后对我说:“你的第一个孩子早早没了,所以,对这第二个孩子,你一定要万分小心。我不是讲迷信,可是,我还是觉得,最好不要让老二穿老大的衣服。”

她知道,我们因为没钱给老二买新衣服,所以就把老大的旧衣服都带回来了。我一来不迷信，二来经济上又捉襟见肘，所以并不理会她的建议。唉，我的嫂嫂也想到了我的第一个宝宝，她又为什么会想到这些?

就这样，我的病房整整一天都人来人往，院长来我房间时跟我说："我们这家小医院还从来没来过这么多人。"第二天、第三天，又不断有人来看望我。小小产科医院的院门还从来没有像现在这样被开关个不停。都来了，亲戚和熟人朋友们，都来给我贺喜，给我们母子带来礼物。第四天，我们收到一个来自天津的大包裹，那是母亲寄来的。包裹里是手织的或手缝的婴儿衣服、帽子和小鞋子，都是给健林的。那些小衣服被称作小僧服，小鞋子的鞋面上绣着老虎头，小帽子的顶端留有开口。这所有的一切，都寓意着保佑孩子长命百岁，平安健康。母亲平日里让她的侍女做了很多这样的东西，家里以及亲朋好友家一旦有婴儿出生，她就会挑一些送出去。现在，母亲寄来的这些东西就是给健林的最实用最好的礼物。院长走进我的病房，看到母亲寄来的婴儿用品，不禁惊叹道："您是我们医院迄今为止接待过的最富有的产妇，还从来没有哪个病人收到过这么多、这么漂亮的礼物呢。孩子的姥姥真是既有爱心，又有钱啊。您可算得上是我们这儿最幸福的产妇了。”我能够想象出，母亲张罗着给健林寄这个包裹时，有多么开心。她依然还牵挂着我，爱着我，爱着我的孩子。她是个好母亲，也是个好外婆。

健林是个正常健康的孩子，他的乳娘是个健康年轻的女人。一切都没有问题，无论奶水喂养、睡眠或者其他。一天天过去了，我在心里祈祷，天天求佛千次，求他保佑健林长命百岁。无论白昼还是黑夜，我日日求佛千次。没有人知道，我这样做。为了我的健林，我每日求佛千次。

尽管我现在日渐开心，可是我依然受不了那暮色沉沉之时，更别提那时传来的军号声。我同健林的乳娘聊天，她信天主教。“你为什么信天主教呢？”我问她。

“我们很穷。若是我们信教，教会就会接济我们一些。”她答道。

“你把你的孩子托付到哪儿了？”我又接着问她。

“我把孩子交给一个女人养。为此，我得付给她钱。我没有婆婆，我得自己出来挣钱养家，我男人和公公挣的钱不够花。我们是穷人，没有办法把孩子留在家里自己养。我得趁着现在自己的奶水多，好好当乳娘，多给家里挣些钱。”

聊天也无法使我安心。号声又响起来，好像又在告诉我：

“一切，一切都是徒劳的。一切都是白费劲。”对比我在巴黎儿童医院和现在过的日子，我也说不上哪边的生活更好些。难道这所有的一切果然还是白折腾了？但是不管怎样，我没有忘记日日求佛千次。产后十二天，我就得出院了。可是出院后，我能去哪儿呢？我不知道。谁会帮助我？当然只有姐姐。可是她又能怎么帮我呢？她家本来就没多余的住处，更何况现在还得收留我们母子俩再加上一个乳娘呢。

第十一天早晨，王太太来看我，并转告我，婆婆和大姑姐中午到北平，她们会来医院看望我和孩子。我赶紧对王太太说“好好，我知道了”，就把她打发走了。

无论如何，我都不会让婆婆到我这儿来的，我也不想让她见到我的孩子。我叫院长到我房里，结清房费，并请她帮我叫来出租车，我要带孩子和乳娘去姐姐家。院长有些吃惊：“为什么？怎么今天就要走？这也太突然了。为什么呀？”

我来不及跟她解释，就赶快坐车离开了。对此，她感到惊奇，或许也不以为怪。本来在这家产科医院里，任何事都是有可能的，她已经见怪不怪。看来，这个最有钱、最幸福的产妇也有不可告人的秘密呀。她提前一天出院，只带着自己的孩子和乳娘。如此而已，没什么大不了的。

第九章

西山——终点站

将近午饭时间，一辆汽车缓缓停在红十字会产科医院的小院门前。司机下车按响了门铃，我的婆婆和大姑姐准备从车里出来。

“她带着孩子和乳娘已经走了，我也不知道去哪儿了。”院长告诉司机。现在，她大概猜到我为何要急匆匆提前出院。这样一来，婆婆和大姑姐也不用下车了，她们直接开回她们的王府大院。

我去了杏姐家。不管杏姐愿不愿意，我还是带着乳娘和孩子回到了她家。假若她坚决不收留我们，我可怎么办呀！可是她还是把晓光和他乳娘房间的一半收拾出来给我们住。这也就是说，我们五个人同住在一间狭窄的、光线不好的屋子里。晓光和健林的年龄相差六个月。

我对健林的乳娘说："我们只是暂时先住在这儿，等有了房子就搬出去。请对我姐姐家的所有人都客气友善些。毕竟，在这儿我们是客人。一定要懂礼貌！你只管照顾好健林，其他事情不用操心。缺什么，尽管告诉我。"

年轻的乳娘性格内敛，话也不多，我很高兴能找到这样的乳娘。我们只是晚上在晓光的房间里睡个觉，其余的时间里，我们要么在其他房间逗留，要么待在院子里，在蓝天下呼吸着新鲜的空气。无论杏姐愿意与否，我到底是很高兴的，可以暂时在她这里找到容身之处。

杏姐很替我忧虑："这可怎么收场呢？你有个生病的先生，还带着一个小婴儿，而你自己身体也不是很好。咱们的父亲肯定不会给这个小孩子钱的，这点我敢确认。可是，你婆婆有钱啊。不管怎样，她得负责照顾自己的儿子和孙子。"

可是我要怎样才能和婆婆相处下去呢？她亲自把我和她自己的儿子赶出家门，凭什么我要让她看到我的孩子？这回幸亏我生的是个男孩儿，那若是女孩儿呢？婆婆还会像现在这样到处找我吗？我相信她不会的。

午饭刚过，杏姐家的门铃就响了，一位贵妇人下车站在门前。杏姐不认识她，她自我介绍，说是我的大姑姐。杏姐不得不把她迎进家门，她走进客厅，看见了我。

她满脸笑意、语气柔和地对我讲："母亲和我去过产科医院，可惜那时你已经出院了。母亲这回得了孙子，别提有多高兴了。赶快和我一起回家住吧，母亲在家等着呢。宝宝在哪儿？让我看看。"

我抱了健林给她看。见到宝宝，她说的跟别人一样："好乖的宝宝，长得真漂亮，跟爷爷一个样儿。"大姑姐自己从来没有生过孩子，也不知道该怎样对待一个小婴儿，她只是一遍又一遍地夸奖着宝宝。她不请自来地出现在这儿，就是为了把我和孩子一起带回去见我的婆婆。

"跟我一起去见母亲吧。不用担心，她现在心情很好，准备帮你支付产科医院的账单。弟弟得了消息，明天会回来。你和孩子今天就同我一起回家吧。"

这位一向巧舌如簧的大姑姐，现在却无法说服我立刻跟她回家。哪儿是我的家？我可早就见识了大姑姐和婆婆的人性。我答道："健林还太小，我想我还是暂时留在杏姐这儿住。她照顾孩子很有经验，这样对健林比较好。"

大姑姐很快明白了我的意思，知道自己劝不动我跟她一起回去。或许她得派弟弟再来试试？最后，她开口说："至少你可以带孩子回家一次，让母亲看看她的孙子。"

"好的，等健林再大些，我会带他去见他的奶奶的。现在他太小了。"我相信自己给出了正确的答复。我要留在姐姐家里。

第二天，雄飞来了，劝我的话同大姑姐如出一辙。他跟他的母亲重归于好了。我跟他解释道："你可以暂时先住在西山，养好身体。我住在姐姐这里。等你身体恢复了，我们再看看，是否一起回母亲那里住。"

雄飞认为，他的母亲急着要见孙子，不管怎样我都应该找个下午带着健林去看望她。

我照做了。

那天下午，婆婆确如大姑姐所说，心情愉悦，温和安静，最后也没阻止我带孩子回杏姐家。

健林和晓光像两根嫩豆芽一样一起成长。他们中的一个只比另外一个大那么一点点，两个孩子的乳娘彼此相处也融洽。有时我夜里醒来，心中默想：我回国来生小孩儿到底是好的。我无须亲自操劳照顾孩子，而健林依旧可以正常地成长。晓光就是他的榜样：使劲儿吃奶，呼呼大睡，甜甜微笑，哇哇大哭，像一个正常健康的孩子那样。原本我以为那号声是要告诉我“一切都是徒劳的”，不，我错了。它其实要说，我千里迢迢，从巴黎回到中国来分娩，我的不辞辛苦不是徒劳的，这一切都是有意义的，一切都是值得的。我为此倍感欣慰。

当我夜里难眠时，念及健林此刻就躺在晓光身边与他同呼吸，我便觉得很幸福。

健林满月时，我想去西山看望雄飞，并在那儿住上三日。杏姐向我保证，我不在家的这三天里，她们会像前三十天一样照顾好健林。我该放松三天，好好和雄飞团聚。我再三叮嘱乳娘，我走的这几天，她要格外尽心照看健林。如此，我就可放心上路了。去西山，我得乘坐早晨八点出发的长途汽车。

那天清晨，当其他人还在熟睡时，我第一个起床，走出房门，叫了一辆人力车去车站。长途汽车开到西山需要四十分钟。我内心感觉复杂。是开心，抑或是伤心？我分不清。我给自己放了三天假，去西山与我的先生团聚。我有多久不曾得闲了？有多久不曾独处，无所事事，无忧无虑了？我确实需要这三天的清静，这是我应得的。

坐在长途汽车里，我突然有一种感觉：好似我在某个周日清晨，乘车去阿尔克伊－卡尚；好似我不在中国，依然未婚，也未曾生子。我依旧旅居巴黎，是漫步在圣日耳曼大道上的一个自由的女大学生，内心热恋着雄飞。今日距当年，已荏苒五载。北平距巴黎，依旧是几千公里。此刻，去西山的旅程，比当年去瓦歇黑角的旅程要好许多。我的思绪飞向瓦歇黑角。那时，我要在那儿下车，步行五分钟后到雄飞的住处。时光匆匆而过。昔日的邻居弹奏着曼陀铃，琴声听上去总是那么哀怨。相聚后的返程也总是令我心情沉重。记不清，我有多少次在那里下车。那时的我，是一个自由的巴黎女大学。可曾想过终有一日会嫁为人妇？没有！可曾想过终有一日会为人生子，为人母？没有！可曾想过做人儿媳？没有！可曾想过会体会作为母亲的丧子之痛？没有！可曾想过，痛失一女后再次生子做母亲？没有！那时的我，只是一个自由的巴黎女大学生，深深地爱恋着雄飞，同时也想要拿下硕士学位，进而继续攻读博士学位。学成之后，我就可以报效祖国，服务于人民，为全人类做贡献，就可以骄傲地告诉双亲：谁说女子不如男！

我独自乘车去见雄飞。车突然停下了，是到西山了吗？当然不是，还远着呢。我又回想起在阿尔克伊－卡尚的散步时光。深秋的阳光时而照着我们的后背，时而又洒在我们的脸上。我走在雄飞身边，一旁还有老童和何晓陪伴。乡间路上的白杨树哗哗作响，演奏着它们的秋之曲。那时的我，正渴望着一份爱情。汽车突然又停下了，到瓦歇黑角了？当然不是。这里是西山，是终点站。

我从梦幻中醒来，雄飞站在我的眼前，他来接我。“嗨，见到你，我真高兴。”他一再说。他在西山的一处膳宿公寓租了个房间。正值午饭时间，我们就在房内共进午餐。终于又只有我们俩了，没有任何家人。两人一起，无忧无虑，共度三日。或许雄飞也会像我一样回想起阿尔克伊－卡尚？那时也是只有我们两个，无牵无挂。“健林长得很好，他很乖，很好照应。”我说。我俩现在可以共同享受这无忧无虑的三日时光了。

我不应该过多回想过去。那时，我刚刚考上了南开大学，来西山看望养病的姐姐，我们一起骑着毛驴在山间游玩。我还去探望了也在西山治病的好友王小姐，她当时病入膏肓，最后不治而亡。就是在她那里，我初次听说了那个会弹奏月琴的男生。他的琴声拨动了我的心弦，令我不知所措。在我赴欧求学前，我还曾和刘同学还有黄同学一起在西山共同度过一个美好的夜晚。那时，黄同学的眼里柔情似水。今日，我重返西山，拥有巴黎自由政治学堂的硕士头衔，嫁给了那个当初会弹月琴的青年，育有一个健康的儿子，成了母亲。

我不应该过多回想过去。今天的我，一定要开心。

三天的美好时光，如同那空中飘动的浮云，转瞬即逝，不留丝毫踪影。阿尔克伊－卡尚已成过去，圣日耳曼大道已成过去，就连西山，也马上成为过去。或许，等到哪一天，我们的忧虑也会成为过去？

我回到杏姐家，可惜不能再长住。雄飞的身体好多了，他得工作养家，所幸他在北平市政府找到一份差事，他的母亲把北平大宅院里的两间房空出来给我们住。我们要和潘家为邻，和他们一起吃饭。我当然也不该再给我的姐姐增添负担了，可这跟回天津和婆婆住在一起又有什么区别？婆婆虽然不久居北平，可是会经常坐车来此。她来是为了看她的孙子。

一天下午，我跟杏姐告别，感谢她为我所做的一切，然后带着健林和乳娘，一起乘车搬进大姑姐家，也就是回了婆

右图：西山——终点站。

家。雄飞也从西山回来了，我们把自己的小家安置一番：乳娘带着健林住一间，我和雄飞住另一间。我们得和潘家一块儿吃饭，这就搞得我很累。李家和潘家在饭桌上有一个共同的规矩：最早吃完饭的那个人，不可以放下筷子，而是得拿着筷子略带歉意地跟其他没吃完饭的人讲，请慢用，不必着急。比如："婆婆，请慢用！""姑姐，请慢用！"我完全不习惯这种饭桌礼仪，可是还得照做。所以，我每次就故意吃得很慢，以免成为因第一个吃完而必须向其他人致歉，并说"慢用"的那个。这样的用餐，对我而言没有任何享受之趣，只是一再逼迫我同自己已有的饮食习惯做抗争。

另外，饭桌上经常是北方菜，面条居多，而且还偏咸。因此，要是能到杏姐家或者和哥家做客吃饭，我就会非常高兴。在哥哥姐姐家，我可以选我爱吃的菜让厨师来做。杏姐像一个小母亲一样，宠爱着我，我的姐夫也顺着她。可在"家"里，我没什么可说的。那这里是我的家吗？或许不过是我的临时庇护所而已。归国后，我们一直未忘初衷，想把孩子留在家乡由家人抚养长大，我们再回到巴黎继续攻读博士学位。可是，我们要如何实现我们的愿望？太难了！真的难以实现！对于双亲来说，我的大学已经结束，因为我嫁作人妇，成为人母，已经实现了他们眼中认定的一个女孩子的人生意义。我做母亲后，母亲也为此高兴。父亲甚至来我们的住处，看望了他的外孙。自己那不安分的女儿，最终也像普通女孩儿一样，嫁人生子，为人妇为人母，这令他甚是欣慰。双亲绝对不会赞助我重回巴黎，父亲早就讲明，那五年的留学费用是他们给我的陪嫁。他们仁至义尽，做了父母可以为自家女儿所做的一切，他们不欠我什么。他们为什么还要再给“泼出去的水”花钱呢？李家才该出这份钱，他家又不是没钱。我的嫂子嫁入我家时从双亲那里得到的见面礼，比杏姐和我的嫁妆都要多。

可我的婆婆不曾给过我分文。她是个守财奴，自己的儿子，她也舍不得给他钱花。现在，全家团聚了，她也抱上孙子了，她为此很开心，又怎么会花钱再把自己的儿子送去远隔千里的巴黎，跟儿媳妇单独待在一起？得了小孙子，是喜事。可是，如果孩子的母亲远赴国外，那谁来照顾抚养他呢？作为奶奶的她绝对不会干，这活儿太烦人了。而我的大嫂，也就是雄飞大哥的太太，总是病恹恹的，连她自己十六岁的儿子都不能照顾，我们又怎么能指望她呢？我的大姑姐潘太太，她自己从未生育过，不懂得疼爱孩子。潘姐夫和他的前妻育有一儿一女，大姑姐对这两个孩子极其冷落。前不久，那个男孩儿玩耍时跌入池塘，差点被淹死。婆家里有哪一个姑嫂，可以让我安心把健林托付给她照料呢？没有一个。

李家的人，或多或少都忍受着身体上的病痛。有一段时间，我就像一个护士一样照料着大家，雄飞需要打针，他的母亲和姐姐同样也需要。医生演示给我看，怎样给病人打针，我毫不费劲地立刻就学会了。每周，我都得给婆家人打针。

健林像一棵小豆芽一样慢慢成长。有时，乳娘会抱着他去杏姐家，找晓光和他的乳娘。雄飞收入很好，因此我们得以接手婆婆的一辆带司机的旧车。我还该梦想巴黎吗？还该梦想我的博士学位考试吗？是的，我依然做梦想着它们。我去北平的国家图书馆，收集攻读博士学位所需要的书籍资料。没有人相信，有朝一日，我们会重回巴黎。可是我不管，依然梦想着那天的到来。我大多时间都在国家图书馆查资料学习。北平的夏天白日较长，我学习完离开图书馆后，有时会去中山公园，同和哥或杏姐见面。公园里的千年老树密密地比邻而长。和哥会请我去公园里的一家欧式餐厅吃饭，就像从前在天津时，父亲也常在晚上带我们去公园的欧式餐厅吃饭一样。北平的中山公园比天津的公园漂亮许多。尽管如此，和双亲一起在天津公园游玩的场景依然生动无比、历历在目，令人难以忘怀。

很晚，我才回到家。已经有很久，我不能睡个好觉了，这是因为北平的夏天有很多蚊子，它们让我无法快速入眠。大清早，我又会被邻居家的留声机放出的音乐声吵醒。那是中国的民乐，那柔腻的乐曲慢慢唤醒了我，忧伤压抑着我的心房。一时间，我竟不知，自己究竟身在何处。我是身在巴黎，心里思念着中国乐曲呢？还是我身在中国，却梦念着巴黎呢？我终于从梦中醒来。在梦里，我就在巴黎，穿梭在索邦大学的校园里，漫步在圣日耳曼大道上，混迹于各国人中间。在梦里，只有我和雄飞两个人在巴黎。等到我慢慢从睡梦中彻底醒来，我才意识到，我根本不在巴黎。我穿越几千公里，就为让我的孩子生在中国。我还能再回到巴黎吗？我能脱离这个家吗？现在我明白了，我的爱已被分割。我爱北平，也爱巴黎。

第十章

轻烟袅袅，香气四溢，一如往昔

六七月的时候，雄飞被北平市政府委派去上海开会。获此任命，雄飞欣喜不已。作为他的夫人，我自然可以随行。借此机会，我们还可以游历南京、杭州、济南和青岛四市。整整两个月的旅程！整整两个月无负担的再次独处时光！太好了！想到可以带雄飞去看看我儿时生活过的南方城市，我内心不由得有些自豪和得意。

上海，聚集了东西洋鬼子的魔都。有夹着腿，踩着碎步，小跑着走路，脸上扑着厚厚一层白粉底的日本女人；也有手拄文明棍儿的红脸西洋男人和黑纱遮面的西洋女人。各国租借地的租界线穿城而过。英租界的地面上，印度（锡金）巡捕们拎着警棍，维持着交通秩序。他们个子高大，棕色皮肤，头上缠着红色或白色的包巾，头巾足有他们两个脸那么大。法租界的街上，则有头戴盔形凉帽，身穿肥短制服的矮个子印尼巡捕在巡逻。无论是印度巡捕还是印尼巡捕，他们在这里做事，都非出于本意。他们是在为他们的英法殖民主子卖命。我从小就有些害怕印度兵。过去了这么多年，他们却还在这里，其他洋人也一直还在。我们中国人的上海却有部分一直归属洋人势力，这是何等的耻辱！

杭州有水光潋滟的西湖和如诗般的秀丽风景。我带着雄飞故地重游，找寻当年和母亲、哥哥姐姐一起游玩过的地方。那时，母亲极为开心。她的开心不是因为看到西湖美景，而是因为我在上海没找到合适的学校，她终于可以带我回天津了。我记得，那时和哥手里拿着旅游指南小册子，告诉母亲，我们该往哪里去。母亲嘴角始终带着笑意。显而易见，只要和我们在一起，究竟去哪儿，她是无所谓的。我们那次在杭州逗留了三天，母亲陪着我们一起泛舟、坐轿、乘黄包车、步行。山间、庙里、塔前、茶楼和步行街上，处处都有母亲和我们同行的身影。晚上，我们站在客栈的阳台上，观赏着依然生气勃勃的西湖夜景。湖上漂荡着一只只小船，船上挂着红灯笼，时而有悠扬的笛声飘出船舱，但我的心却丝毫不为所动。难道我没有梦想着被人温柔地爱恋吗？那时的我好像一直觉得，有满天的星空和浩瀚的花海等着我，直到某一天，我自己飞向星空化作一颗星星，融入花海变为一朵美丽的花儿。天上的每一颗星星，花海里的每一朵花儿，都证明了那永恒的爱情。

客栈楼下的街上，有人在卖烘炒的南方果子。香味儿随风而上，飘向阳台。母亲吩咐侍女下楼去买给我们，可她自己几乎不吃，只是笑吟吟地看着我们。

南京毗邻母亲的家乡扬州。这里有晴朗的天空、温和的气候、鲜嫩的蔬菜、漂亮的女子、衣着整洁的行人，还有同样的方言。这里有哪一样会让母亲不喜欢？当然没有。这里的一切都像极了母亲的家乡扬州，怎能让母亲不喜欢。母亲的家乡就是我的家乡，母亲的喜好自然也被我继承了许多。

我总想起母亲，可是我强迫自己不要过多去想念她。我不是又向往着离她而去吗？可是，对此，她一无所知。我相信她也不能理解我的想法。

济南和青岛都是很美丽的北方城市，尤其是海滨城市青岛，有着壮观的海滩风景。虽然我在这两座城市不曾留有儿时的回忆，但还是很高兴能来到这里。

回到北平后，我们觉得，是时候开启重回巴黎之战了。经过抗争，最终，雄飞得到了婆婆的资助。但是，她不想为我花一分钱。我要么一个人留在中国等着雄飞回来，要么只能去找我自己的父母商量。这是我唯一的机会，我坐车去天津找双亲。五年过去了，我带着和五年前一样的问题，站在母亲面前，苦苦相求："母亲，我想和我的夫婿一起回巴黎读完博士学位。我的婆婆只资助她的儿子，不管我。可是，我要和雄飞一起回巴黎。母亲，帮帮我吧。"

没想到，五年后的请求比五年前容易了许多。

"你真是个不知足的孩子！你已经留过洋，读取了硕士学位。而今，你结了婚，嫁给富家之子，还生了儿子。你还想要什么？博士头衔？这听着就是男人的事儿。就算是男人，也不是普普通通就能读博士的呀。你要博士头衔有什么用？你婆家那么有钱，根本不需要你抛头露面出去挣钱养家。你婆婆凭什么不给你钱花？你明明也是他们李家的人。"

"母亲，母亲。我在巴黎的学业还没结束呢！我得回去读完博士学位，这是学业的一部分呀。毕业后，我当然要回国来为国家做事，挣钱养活自己。我才不要花李家的钱呢，我婆婆脾性那么差。你也知道，我一点儿都不喜欢跟她讲话。

亲爱的母亲，求你跟父亲好好说说，让他同意借钱给我去巴黎，好吗？我保证，等我毕业回国挣钱后，一定悉数归还。我可不想留在婆婆家，我要和雄飞一起回巴黎。两年后，我们就会一起回来。”我苦苦哀求母亲。

“那你们的儿子怎么办？谁来照料他呢？”母亲问。

“我把孩子留给婆婆，雄飞的大嫂和姐姐会帮忙照顾的。”我说得像真的一样。母亲很聪明，并没有如此追问：既然你现在这么想去巴黎，那当初为什么还要回来呢？聪慧的母亲可以理解，但婆婆就毫不明白。母亲一向爱我，她也从来没把我婆婆放在眼里。但我毕竟是娘家“泼出去的水”，她也无权去干涉李家的家事。

“我的好母亲，现在，只有你站在我这边。你一定要和父亲好好说说，不然，我真是无路可走了。”

母亲注视着我，不说话。我的心紧张得都到嗓子眼儿了，但我继续哀求。母亲同情我，但她也确实不懂我。可是她也不再试图来理解我，只是如我所求，去找父亲商量，请他继续资助我去巴黎，就像五年前他初次送我留洋一样。

双亲思虑再三：这个女儿非同寻常，她不能安生地守在家里。当然，她那个婆婆，不给她家用，行为也确实不为人道。一个“将军”或许觉得这没什么不合适，但我们绝对不能让自己的女儿和她先生分离。更何况，这个女儿聪明好学，能读好书。或许她将来真能有所作为？再说，李家毕竟还是有钱的，这些钱最终是能还回来的。

父亲表示，他同意给我钱去巴黎继续读书。至于这钱到底是“借”给我，还是送给我，母亲没有细说。我最亲爱的父亲和母亲！你们的恩德令我今生今世都感激不尽。我最爱的母亲！

万千珠泪今朝垂，点点思念母难追。

尽管我是“泼出去的水”，双亲还是帮我再次实现了去巴黎读书的愿望。没有永不坠落的星星，也没有永不凋零的花朵，只有双亲对我的慈爱之心是永恒不变的。

我们的启程之日日渐接近，我却越发没有勇气独自出发。我对雄飞说，或许我们还是该带上健林，三人一起去巴黎。雄飞反对说：“我们当初为什么要回来？你忘了，我们当年带着李英多么辛苦。健林必须留在奶奶身边。他是个健康的孩子，我们也希望他健康地活着。我们由命吧。”

我的心在发颤，它为在巴黎死去的小李英而颤抖，也为要独自留在中国的小健林而颤抖。“一切都是徒劳的！一切都是枉然！”难道那号声又说对了？不，不会的！

我们要在上海乘坐意大利的“罗素伯爵号”轮船去法国。可是，我却越发没有勇气出发。雄飞和我想坐夜间火车去上海。

告别之夜难以忘怀，难以承受。婆婆把送行宴设在了雄飞大哥家，那里更宽敞。全家人围着圆桌依次入座。在座的所有人里，我是最沉默也是最不重要的人，一方面我是李家人，另一方面我又不属于李家。婆婆并不支持我去巴黎，可我出于个人意愿，又得到自己父母的资助，才能和雄飞一起重返巴黎。对于婆婆，我没什么好感谢的。可是，我得把健林留给她。但愿，她能照料好健林。席间，我也向雄飞的哥嫂姐姐们请求，等我们走后，好好照顾健林。他们全都答应一定会尽力，但我依然没有勇气前行，席间我一直轻声抽泣。我假装像其他人一样夹菜吃，可是我什么都咽不下。没人察觉我的难过吗？没人愿意来劝慰我吗？我哽咽着。健林的乳娘抱着他，坐在饭桌近处。我心想：我的孩子！你的妈妈就要去巴黎了。接下来几年，你将没有母亲的陪伴，独自成长。老天知道，我是否还能再见到你，你是否能健康如常。

我不敢直视乳娘的眼睛。她满脸伤心失望，她肯定想说：

太太都有了自己的儿子，为什么还执意去巴黎远行？难以理解。她走后，这个家里的哪个人会真正关心照料小少爷呢？自己的主人不在，我在这个家也会待得艰难，谁都可以对我指手画脚。太太怎么可以就这样狠心把孩子扔下，一走了之呢？我真的不能理解。

我低声啜泣着，直到晚宴结束。其他人边吃边说笑，难道没人注意到我的难过吗？或者他们根本就不想理睬？晚宴结束，距离分别的时刻越来越近。时间一点点流逝，我已经向乳娘都交代过了，但此时，我还是找到机会，再次叮嘱她说："两年后，我们就回来了。你不必担心，你所需要的一切，我的大伯哥都会给你。我的婆婆不好相处，请不要在意。你一定要悉心照顾好我的孩子。到了天津，你可以去找我母亲，你可以和她讲任何事，也尽管告知她你的愿望。我的母亲非常仁慈善良。你也可以到北平找我的杏姐。在她家，你会感觉更自在些，杏姐就像我一样。请礼待所有人，忍耐两年。请你视我的孩子如己出，我会衷心感激你，也会报答你。请一定要坚持，等我回来。"

乳娘和我一起痛哭。我给她留了些钱，以备她和健林不时之用。

我再次把健林抱入怀里。谢天谢地，他还什么都不懂。同健林分离，令我心如刀割。李家没有人在告别时流泪，只有我一个人在哭泣。没有人同情我的痛苦，只有我独自落泪。

开往上海的夜车上，我坐在雄飞的对面，沉默不语。他懂得我的悲伤。我思索着：一年前，我一心想回家，为了孩子也要回家。可回来后才发现，我已经失去了自小长大的娘家，而新的家还没找到。我的健林没有家，他是个没家的孩子，根本不像当初想的那样。

突然，我问雄飞："你觉得，我们把健林留在他奶奶身边，这样做对吗？或许我们带他一起走会更好些？"

"不行，不行。让健林待在我母亲那儿，是为他好。你忘记我们两个在国外自己带孩子多么艰难吗？我们此去巴黎，是为了读完博士学位，两年后就会回来。的确，分离令人难过，我也很伤心。可是，这样做对大家都好。所幸，健林还小，什么都不懂。"

开弓没有回头箭。不必寄希望于雄飞会说："是啊，不能这样做。我们马上回去，带健林一起走。"

整夜，我都心痛不已。上海到了，我们回不去了。我只能劝慰自己：李英死在了巴黎，可健林会在中国茁壮成长，一如他名字的寓意——同森林一样繁茂，这样就对了！

我本来就是这样愿望的，也因此回到中国。那号声所传达的“一切都是徒劳的，一切都是枉然”，完全是无稽之谈。李家的人虽说不负责任，但奶奶总归是会疼爱自己的孙子的。谁会不喜欢健林呢？他的姑姑伯母都保证了，会爱护他。这样做没错儿！我必须要这样想。没有人知道，为了健林，我每日求佛。我不曾向人提及此事，但我相信，佛祖听到了我的请求，会保佑健林的。我与健林分别之日，他才八个月大。我们乘坐意大利的“罗素伯爵号”轮船，历经三周，到达了威尼斯。在气候温和的十一月的一天，我们回到了巴黎。我们先入住拉丁区的一家旅馆，然后就一起去圣米歇尔大道散步。我的心里充满了喜悦与不安，短别一年后，再见到圣米歇尔大道，我格外高兴。我曾把自己年轻的心留在了这条大道上，现在又把它重新找回。在这条大道上，我回忆起“热栗子，刚出锅的热栗子”的叫卖声，回忆起当初的雄心壮志：上大学，上大学，还是上大学。如今，我和雄飞重回这里，我们的计划一如当初：上大学，上大学，还是上大学。我幸福无比，好似重生一样。又回到了圣米歇尔大道！再次成为大学生！啊，我无比开心。但是我不可以想健林。每当我想起健林，心就像被针扎一样疼。我开始伤心不安，试图不再去想健林。在圣米歇尔大道上，我只想回忆起那段耳边传来“热栗子，热栗子，刚出锅的热栗子”的美好时光。街道上依然有人在卖炒栗子。轻烟袅袅，香气四溢，一如往昔。我呼吸着圣米歇尔大道上的各种气息，感觉自己像从前一样年轻。在圣米歇尔大道上的人一直都是年轻的，一直都是大学生。啊，重回巴黎，我幸福无比！

第十一章

随风飘动的丝线

我们在蒙苏里公园路 4 号租了一间房，它的旁边就是巴黎蒙苏里公园。这里很安静，离大学城的学生食堂不远，我和雄飞的一日三餐基本都在食堂的自助餐厅解决。我们每天的生活重点就是去国家图书馆查找资料，回家写论文。和雄飞不同，我更常去黎塞留大街上的国家图书馆那里写论文。我喜欢坐在图书馆的阅览室里读书，常常能达数小时之久。在桌上的绿罩布台灯柔和的光线下，人们聚精会神地埋头苦读，整理笔记。我一直很崇拜那些研究自然科学和人文学科的人。阅览室里寂静无声，偶尔会听到图书管理员抱着沉沉的书走过，然后把它们堆放在桌上的声音。每过两三个小时，就会有工人从阅览大厅的高处用喷雾器向下喷洒香水来净化室内空气。因此，图书馆里飘着典型的巴黎香水味儿，这味道和地铁里巴黎人身上的味道一样。

我沉浸于埋头看书，常因专心写论文而忘却了时间。南开大学的那个“小舟”和巴黎自由的女大学生，在圣日耳曼大道上又复活了。图书馆一楼有个小餐厅，去那儿吃午饭的人很少。那里的女厨师做的法式菜非常好吃，我有时会去那里饱餐一顿，享受一下。雄飞很少和我一起在图书馆读书学习，他无法像我一样长时间坐在阅览室里，他会头疼的。

在蒙苏里公园的那两年，我专注于自己的论文写作，度过了一生中最清静从容的一段时光。下午六点，图书馆关门。我从图书馆出来后，有时会同雄飞在卢森堡站旁边的一家中餐馆约见。饥肠辘辘的我，从未觉得中餐如此好吃。饭后，我和雄飞坐电车到奥尔良门站，然后下车步行十五分钟，回到我们的住处。有时候，我不去国家图书馆学习，待在家里。这样的下午，我和雄飞常常会一起散步去丹费尔－罗什洛广场，买些小东西，然后再走回家。我们去的时候，丹费尔－罗什洛大道还很安静。如果我们在那里的学生自助餐厅就餐，会和在那里碰到的几位同乡一起吃，他们也是在巴黎读书的大学生。吃完饭后，大家就相互告别，各自离去。

雄飞和我很少见人，也不怎么外出同其他人聚会。我们的房间里没有厨房器具，我无须做饭，也不用干家务。房间极易打扫，很快就能收拾好。我从来没有像现在这样轻松。国内传来的消息说，健林长得很结实，他们还寄来他的照片。我为健康的健林而骄傲！

日子就像毫无涟漪的水面一样，平静地过去了。

暑假时，我们去比利时、荷兰和瑞士游玩。

两年平静安逸的幸福生活转眼流逝而过。那些忘我地在图书馆里埋头读书，以及和雄飞一起去丹费尔－罗什洛广场散步的时光是我最快乐的时候。欢乐过后，等待我的就是毕业答辩了，我很紧张。

十二月的一天，天灰蒙蒙的。雄飞收到他大哥发来的一封电报。他母亲身患重病，家人让他速归。可是，开春我们就要进行答辩，获取博士学位了！实在是太遗憾了！但婆婆病危，想再见儿子一面。中断一切，赶回去见母亲，是做儿子应尽的孝道。

但雄飞也不想放弃一切立刻回国，这两年难道白努力学习了？回国，然后再回巴黎？谁知道我们是否能三出三回呢？雄飞先后给家里发了两次电报，商讨此事。这一来一回，两周过去，雄飞的母亲在天津去世了，他哥哥仍然要求他务必回去，当然也因为涉及遗产的分配事宜。我想和雄飞一起回国，不愿独自留在巴黎，也害怕一个人待在这里，可是雄飞反对。他说，等国内的事情办完了，他就立刻回来，这用不了多久。我同他一起回国，没有任何意义，我只需在巴黎安心等他回来。我只好转而请求："你回来时，把健林带上吧。现在他长大了些，路上不会让你太吃力的。这样，我就可以在巴黎踏踏实实地等着你们父子一起回来。"雄飞表示他会带健林回巴黎。我得鼓起勇气，耐心等待。

雄飞晚上从家出发，我和几个同学一起送他到里昂站，他要在马赛港坐轮船回国。不行，这件事情我没有考虑周全，我忍受不了这分离！我根本就不该陪雄飞到车站，我不忍同他道别。雄飞上了车，坐在靠窗的位置，等着启程。我站在站台上，忍不住流泪。我低头哭着，雄飞和送行的同学还在聊着。他看到我拿着手绢掩鼻哭泣，于是请同学先送我回住处，我不必在站台上，等着那火车鸣响汽笛，摇晃着慢慢带走我的雄飞。只是今日一别，何时再见？

两个同学自告奋勇，送我回家。我也察觉，自己快挺不住了。我真该再好好想想！我真的忍受不了这离别之痛。可此刻，我既不能对雄飞说“快下车，不要走”，也不能上车与他同行。为什么我这么草率地做出了决定？这离别之痛啊，令我难以承受。

流着眼泪，我离开了站台。雄飞能看到远去的我步履蹒跚的样子，他也懂得，为什么我无力回头，冲他挥手告别。我离开车站时，火车还没有启动。我本可以看着雄飞，再同他聊几分钟，可是我做不到，两个同学送我回到住处。

雄飞走了两天了。这两天，房里只有我一个人，我时时回忆起往事来：我的思绪回到西山，听那个青年轻抚月琴；我的思绪回到阿尔克伊－卡尚，听见有人哼唱“小鸟的父母陪伴着它们一起嬉戏”；我的思绪回到布兰肯贝尔赫，听到有人在窗前演奏着手摇风琴；我的思绪回到拉普拉斯，看见小鸟飞来，轻嗅花朵又离去；我的思绪回到北平，听见小贩放声叫卖“心里美，同鸭梨一样甜的心里美”；我又听到了那号声，好似在说“一切都是徒劳的，一切都是枉然”；我重回西山，听到报站：“西山，终点站。”

与雄飞的分离，从未像这回这样遥远得无法逾越。当年我孤身离家，如一根丝线随风飘荡，然后就遇到了会弹月琴的青年雄飞，如同找到了线轴，缠绕其上。就算留洋到了巴黎，我也未曾觉得是孤身一人，因为我知道，在哪里可以找到雄飞。他一直在我身边，不曾远离。可是现在，他正漂洋过海回国去。而我，又像一根离轴的丝线，挂在空中，飘荡在风中。

我两天没出门，待在房间里。唱机一直转着，我愈加伤心。第三天，几个同学来帮我搬家。新房东是个俄国女人，M 太太。新住处位于欧内斯特－科里森路上，离丹费尔－罗什洛广场不远。我无法独自住在现在的住处，雄飞也不愿我独居。M 太太是法籍俄裔，“一战”时失去了丈夫，有一个十九岁的儿子，叫萨沙。除了我，还有一位七十老妪全膳宿在 M 太太这儿。我选了一个小房间，并且只要求她包晚饭。

我必须重新调整自己：由已婚太太变作单身女子，由同雄飞共住变成独居，由依赖着雄飞变成独立生活。这样的生活不为我所愿，但我只能接受它，适应它，习惯它。一下子，巴黎也变得不同于从前。大街上，站牌处，公交汽车上，电车里，步行时，我总觉得少了些什么。我开始随性决定，何时外出，何时回家，总之不让自己一个人待着。下午，我会在卢森堡公园消磨时光。我也不着急，常常走路过去。一旦出门了，我就不想回家。我一般会带上书，坐在公园的一张长椅上看会儿，然后换一张椅子坐，之后再换一张，如此下去。

我打量着路过的行人，观察着在公园里逗留的游客、玩耍的孩子们，还有那些同我一样坐在长椅上的男男女女。形形色色的人中，大部分都是外国人。有老有少，有漂亮的也有丑的。

一眨眼，春天来了。午后的空气里渐有暖意，植物的幼芽沐浴在阳光下，鸟儿们飞回来了。我坐在长椅上，合上书，抬头看着眼前这周围的一切，可我的思绪又飞回从前，想起以前我一天里四次出入卢森堡公园的日子。那时的我，是个爱笑、无忧无虑、满脑子都梦想着爱情的少女。那时的我，觉得自己的一半是空的，等待着那个他来填满，然后我们可以双飞双栖，唱出人间最美的和声；我们会寻到永远只属于我俩的花枝，也会找到人间最美的花园，花园里必定有娇美的花朵，让我俩一起轻嗅。

爱情的美梦实现得那么突然，那么迅速。我已嫁作人妇，成为人母。可是现在，我却孤身坐在这里，不再有梦想。我像一根丝线，随风飘荡，远离自己的丈夫和孩子。这非我所愿，可是我得适应，得习惯。

公园里有时会有音乐会。我想在那儿久坐，可是没人会来接我。我得打起精神，一个人回住处，回到M太太那里。这位法籍俄裔太太，做饭也是半法式半俄式。她是个好人，晚饭后，她一般会读会儿报纸。她的儿子萨沙是个英俊帅气的青年男子。M 太太有一次搞到了两张票，让我和萨沙一起去看下午场的马戏团演出。我就像萨沙的大姐姐一样，陪着他去看了演出，而他也常常陪我一起去散步。每次吃完晚饭后，他问自己的母亲是否允许他陪我去散步，M 太太总是回答“好啊”，她从不反对。我很高兴，能有人陪着去散步。一次，当我们散步回来快到家时，萨沙说：“有个好消息。”

“什么好消息？”

“等到复活节，我妈妈就又会烘焙好吃的蛋糕了！”他毕竟还是个孩子。

我一般不吃早饭。午饭，我有时去圣马丁大道上的学生膳宿公寓解决，有时在国家图书馆的小餐厅里吃。周日，我一般就待在自己的小房间里，也提不起精神去散步。

一个星期天，几个同学带我去大学城参加下午举办的舞会。我完全不会跳舞，迄今为止也从来没有跳过。当别人来

右图：我坐在卢森堡公园的长椅上。

邀舞时，我只得说："谢谢，我不跳。"同学们劝我："你得去上舞蹈课。你一定得学会跳舞。"

或许，他们说得没错，我该学学跳舞。我加入舞蹈班，开始学习舞步。如此一来，周日就不显得那么无所事事了。我与同学们一起去大学城，参加下午场的舞会。我们每次都会选一个与上次不同的舞场，有时甚至一个下午连去两家舞场。从美国场到印尼场，每家舞场都有自己独特的魅力和旋律。我结识了很多来自不同国家的大学生，这样的经历有趣而欢乐。其实人本不需要陪伴，在这儿，你可以同所有人一起共舞。跳着跳着，我就找不到一起来的同学了。没关系，我也不需要他们一直陪着了。后来，我也去大学城的晚场舞会。若是又有人来到面前，躬身说："小姐，可以请您跳一支舞吗？"我不会像从前那样说："谢谢，我不想跳。"

跳舞时，温文尔雅的舞伴试图同我聊天："小姐……"

"不，不要称呼我小姐。"

"女士？"

"是的。"

"您在这儿读大学吗？"

"是的。"

“您先生呢？也在这儿吗？”

“他不在。”

“你们离婚了？”

“没有。”

“那他去世了？”

“没有。”

“那是怎么回事？”

“他在中国。”

“啊，你们分居了？”

“没有。您到底是想跳舞还是要聊天？”

“抱歉，女士。”

我如一根丝线，随风飘荡。我也只能像一根丝线一样，随风飘荡。伴着舞曲，这根丝线一会儿卷成一团，一会儿又展成一条。谁能看得见？谁能知晓？我的丈夫会带着我们的儿子一起归来。我在等着他们。

第十二章

问天天不应

六个月过去了。一天清晨，我站在里昂火车站，迎接返回的雄飞。他是乘坐英国的洲际列车回来的，可是身边没有健林。

“你怎么没把健林带来呢？”我立刻问道，内心有些失望，还有些不安。

“带着一个小孩子长途旅行非常不容易，因此我没带他一起回来。他一切都好，很聪明，他的那个乳娘早就离开了，家里人又给他找了一个年纪大些的保姆，住在我大哥家里。带着一个小孩子旅行，的的确确会很不方便。”

雄飞安抚着我。我慢慢克服了内心的失望和不安，开始为同雄飞的重逢而感到高兴。我带雄飞去见 M 太太。因为我向M太太多次提到健林，所以她见到我们，立刻问道："小孩子在哪儿？"

"带小孩子长途旅行，会很辛苦的。而且，在巴黎，我们两个带着小孩子也很不方便。"雄飞答道。

M太太说："太遗憾了！我倒是很希望您能把孩子带来。"

雄飞给我看健林的一些近照，说："他长得越来越像你了。他非常聪明，有音乐天赋，都能用他的手指玩我的打字机了。他已经懂得很多了。"我们的话题总是围绕着健林。

眼下，雄飞得先跟我挤在我的这间小屋里。每年夏天，M太太都会带着她的膳宿房客一起去戛纳度假。因此，她早就计划好，今年让我跟着她一起去。如果雄飞回来了，他也可以同去。她要在那儿租一栋房子，同行的房客们可以住在里面。假期有三个月，我同雄飞商量，他同意一起去。我们还从没去过法国南部，我一直都想学游泳。我很高兴，一周后我们就可以出行了。一周而已，我和雄飞可以先在这个小房间里将就一下。没有想到，这么快我就不再是随风飘荡的那根丝线了。

雄飞虽没有继承到很多现钱，但是，北平的那座大宅子现在由他和他大哥共有，另外还得到一些地产。他不用替我支付学费，因为我获得了家乡安徽省政府提供的奖学金。父亲只在最初两年寄钱给我，后来就不再寄了。相较于婆婆只给我们寄很少钱的那个时期，我们有能力更好地享受生活了。

雄飞回来后的这一天，对我来说就像过节一样。我们到离丹费尔－罗什洛不远的地方去散步。我慢慢调整了自己的心情，意识到健林留在中国，对他对我们都好。最多再过一年，我们就可以完成博士论文回国。雄飞和我说了些家事，婆婆死后，他们几个儿女把母亲留下的财产一起平分。我则向雄飞讲了自己在他离去后的孤独寂寞，也描述了参加舞蹈班和舞会的有趣经历。中午，我们在一家餐厅吃午饭。下午，我们去巴黎春天百货公司购置度假所需的裙子和泳衣。雄飞对我说："海滩上需要穿些什么？你尽管给自己挑些漂亮的衣服，算是我送给你的礼物。"可是我不想买太贵的衣服，因为我知道，雄飞并未成为有钱人。提着一个装有新衣物的大盒子，我们回到自己的小房间。晚上，我们和M太太一起吃晚饭。雄飞同我一样，也选了只包晚餐的膳宿。雄飞归来后的这一天，我是如此幸福。

第二天，雄飞说他嗓子有些痛，觉得很累，总想睡觉。我陪他去看大夫。"无大碍。"大夫检查后解释，"长途旅行总会让人疲惫，我给你开些治嗓子疼的药。”可是随后的两天里，雄飞还是觉得疲劳，只想睡觉，他也开始咳嗽。M 太太建议：“往牛奶里掺些蜂蜜喝下去是最管用的。”她送来加了蜂蜜的牛奶给雄飞喝。距离我们启程去法国南部的日子越来越近，雄飞依旧疲劳无力。M 太太对雄飞说：“海边的空气会有助于您的身体康复。”我们也认同。我告诉 M 太太，出发时，让雄飞坐二等车厢，我同她及她的儿子一起坐三等车厢。另外那个住在这儿的老太太，今年不与大家同去。漫长的旅程令我感到疲乏，一路上，我经常去二等车厢，看看雄飞是否安好。经过十五个小时的车程，将近中午时，我们到达了戛纳。多么温暖而美丽的南法城市！大家一起在一家餐馆吃过午饭，然后，M 太太就出去寻找配备家具的度假房，而我们和萨沙一起去海边散步，等着她回来。南部的风光真是美极了！炙热的阳光下，温暖的风吹过沁蓝的海面。热带植被随处可见，尤其是高大的棕榈树和盛开的各色花儿，引人注目。一切如童话般美好，难以置信，我将会在这里生活三个月，简直像是在童话世界里。

M 太太没用多久就在火车站附近租到了住处。那是一栋配齐家具的房子，我们几个租住了其中的一层。房间非常大，只可惜靠近火车轨道，因此很吵。M太太安慰大家说，我们很快就会习惯这声音。饭厅就在隔壁。当晚，M太太就用新鲜的南方蔬菜为大家做了一顿可口的饭菜，饭后还有各种水果供大家享用。大家都很累，病中的雄飞更是疲惫不堪。外面实在太吵了，第一个夜里，尽管劳累，我还是没能睡好，而雄飞也咳嗽不止。第二天早餐后，我们和萨沙去海里游泳。我还不会游，需要先好好学。海面很平静，无浪，可是我却害怕，不敢下水。萨沙也不会游泳。雄飞因为还在咳嗽，所以也不想游。随着太阳渐渐升高，海滩上变得越来越热，令人很难继续躺在那里。等到中午时分，海滩上已经热得让人无法忍受了。我们回到住处，我学着用雄飞的打字机来练习十指打字法。南部水嫩丰盛的各种瓜果蔬菜，经M太太的精心烹饪后，让我们大快朵颐，餐餐无比享受。饭后，萨沙和我带上书籍报刊，再去海边玩儿，萨沙还拖了一把大大的遮阳伞。雄飞和M太太想先在房内休息会儿再去。

我们就这样度过了第一天和第二天。等到第三天上午，雄飞不愿去海滩了。他头戴草编帽，一个人坐在阳台上读书。他的咳嗽一直没有好转。每天早晨和晚上，M太太都会给他一些掺了蜂蜜的牛奶喝。很快，午后他也不同我们一起去海滩了。他感觉身体很不舒服，受了凉，好像还有点儿发烧。这样一来，下午他一般会去城里散步，然后到海滩上找我们，但只能待一小会儿。不能游泳，他自己也觉得很遗憾。可是，我们大家更希望他尽快康复。因为病情不见好转，雄飞再次去看大夫。大夫诊断为普通感冒，给他开了糖浆。

只有到了晚上，天变得凉爽了些，我们才能一起去海边的林荫道上散步。月光下的地中海美丽如画，可是缺少杭州西湖的诗意。这里的人也同杭州人大不一样。M 太太指给我们看路旁那些奢华酒店，世界各地的富人到了戛纳，都会下榻此处。我们虽只能从它们门前走过，但都不以为意。一路上，总能遇到推着小车卖冰激凌的小贩。我们喜欢买意大利冰激凌吃，可惜雄飞还不可以吃。晚上散步时，雄飞说，他的双脚无力，如踩云端。我握了握他的手，他的手很暖，甚至有些热。到底要等到什么时候，他才能痊愈啊？蓝天碧海，暖风骄阳，让人放松的度假休养，这一切好像对他的康复并无多大帮助。他再次去看大夫。这回，大夫让他做一个痰液分析，然后下午到药房取分析结果，并于第二天拿着它再去诊所。

我永远也忘不了取结果的那个下午，我永远也忘不了那家药房，我永远也忘不了知晓结果的那个瞬间。

我们到了药房，雄飞向药剂师询问自己的化验单。药剂师递给雄飞一个信封，里面放着分析结果。他让雄飞把这封信拿去给大夫看。

雄飞问他："结果是什么？"

"嗯……已发现有结核杆菌。"他迟疑着回答。

那一刻，我强烈感觉到，雄飞好似被宣判了死刑。几年来我一直担心害怕的那个判决来临了。自此，我和雄飞在一起的日子要为数不多了。我感到头晕，雄飞肯定也和我一样。

"您确定吗？"我绝望地问药剂师。

"是的，相当确定。"他回答我。霎时，之于我，这药房变成了地狱，药剂师变身为刽子手，他的脸变得像魔鬼一样恐怖可怕。

我们离开了药房，雄飞把化验单塞进包里。与其说我紧紧挽着他的胳膊，不如说我们相互搀扶着往前走。我们一步步、艰难地走回到和M太太一起租住的大房间，随身的包里还装着死神的判决书。

他还是那个弹月琴的年轻人吗？他也要如同我的好友王小姐，如同我的小弟、三弟、四弟，如同我众多堂兄妹和表姐弟，更如李英一样，踏上那条黄泉路消失不见吗？难道是去世的婆婆在地下召唤他，因为她死前未能再见他一面？抑或，老天认为，我和他在一起的日子到头了？我恍惚间怀疑，他是真的从中国回到了我身边，还是原本就还在国内，一直未返？

天啊，回答我！苍天无应，它在哭泣。那天下午，戛纳的天空下起了雨。之后连续几天，雨一直下个不停。老天用它的眼泪回复了我。

雄飞躺到床上去睡觉。我独自在隔壁的饭厅里，靠在窗前，望向窗外。窗外，大雨哗哗下，老天陪着我一起哭泣。一生不曾像现在这样，失望至极，悲恸欲绝。我想大声哭喊，却什么都喊不出！老天啊，请赐予我勇气，让我能够承受这噩耗的重创。我的心都快碎了，外面依旧下着雨。曾经，在天津，一个下雨天，身穿白衣衫、有诗人气质的和哥，站在花园门前望着雨，诗兴大发。我站在他身边，对他崇拜得不得了，并爱屋及乌地也喜爱着那雨。可是，现在，这雨就像从天而落的一支支箭，一根根针，直直扎入我的心脏。我的心在流血，我想大声喊叫！但是有谁会听见？又有谁能理解？

隔壁传来雄飞的咳嗽声。他睡不着，内心也一定是波涛汹涌，难以平复。此刻，他肯定在想着安排接下来的事情：

“若是我死了，你得这样做……”但是他不能告诉我这些实话。而我则想：“假若你走了，那个弹奏月琴的男子也就消失了，那个哼唱‘小鸟的父母陪伴着它们一起嬉戏’的姑娘也会随你而去；那根随风飘荡的丝线，永远也找不到让它缠绕的线轴……”但是我不会对他说这些心里话，我要同他讲一些善意的谎言。我和雄飞之间，骤然竖起了一堵墙。

我没有向M太太和萨沙透露雄飞的检查结果。我们还是想等到第二天，去听一听大夫的说法。

第二天一大早，我们去了大夫的诊所。“您的病情比我想象的要严重些，我需要您的X光透视片。请明天去格拉斯的医院，让他们给您做X光透视。后天带着片子来找我，我们再看看怎么办。”大夫就这样把我们给打发了。我们还得等一天，再等一天。现在病情已经严重了，再等下去，只会更糟糕。

下午，雨一直下个不停。我意识到，人的悲伤是具体的，可再生的，又有生命力的。我的心中突然生出了一股无以言说的悲伤，它压抑着我，我想大声呐喊，可是我不喜欢大喊大叫。我的心碎了，它在流血。

我们得等待明天的到来。夜里，雄飞咳嗽不止。我也难以入睡，躺在雄飞身边，默默流泪。我绝对不可以哭出声来，以免被雄飞听到。他应当多听些好话，即便那都是谎言。我泪流满面，却没有发出一点儿声音。

第二天到来，我们从戛纳乘长途汽车去十公里外的格拉斯。那里有一家肺病疗养医院，雄飞得在那儿做肺部透视。

从戛纳去格拉斯的沿途风景十分美丽，空气里飘着一片芬芳。可是我和雄飞心情沉重，脑子里都是不祥的念头，两人都沉默不语。

雄飞很虚弱，下车后一路要由我搀扶。他不时会提醒我："扶着点儿。"

医院的躺椅上，躺着一些病人。我熟悉这种场景。我的好友王小姐就曾在西山这样躺着，还有其他很多人都曾这样躺着。他们的结局大多一样，这躺椅只不过是送他们进入棺材的一张跳板而已。我不想再见到这躺椅，雄飞也得来这儿，然后躺在这样的躺椅上吗？我不想再继续想下去。反正我们还得等到明天，才能知道最终的结果。

终于到了那个大夫所说的"后天"。我们早早到了他的诊所。"这是旧病复发了，有一处旧伤口的结疤处感染了。您不该继续留在戛纳，这里的空气和阳光会加重您的病情。我建议，您离开这里，去山里住上六个月，也许，只需住三个月，您就能康复。请注意休息和饮食。不要再待在这里，即便是去离此不远的格拉斯，都会让您感觉好些。”大夫看完透视片后说。六个月，也许只需要三个月——纯是一派谎言！我了解这种病，它是死神伸向活人的那双手。

是时候同M太太说出一切了。雄飞不好意思去讲，只好由我去说："我先生这回不只是感冒，要更严重些。您的蜂蜜牛奶也帮不了他。大夫认为，戛纳的空气和阳光不利于他康复。即便是去格拉斯，都会比留在这里好。他让我们离开这里。很遗憾，我们不能再住在您这里了。但是，我们照付三个月的租金。另外，您家里那边的房间，我们也不能再租住。我想，您肯定能找到下一个租客。对此，我们表示很遗憾。可是，我们也很不幸。”

M太太听后，很震惊，也很伤心，因为她担心不能尽快找到两个租客。她问："您准备去哪儿呢？"

“去格拉斯，离这里也不远。这样我还能时不时来拜访您。”我考虑着双方的友谊，才做如此打算。

“我的天！格拉斯同这儿比，根本没什么两样。您用不着离开，我会像疗养院的护士一样，好好照顾您的先生。请留下来。”M 太太只念着她自己的利益。

“哦，不，不行！大夫已经说了，雄飞不宜继续待在这里。去格拉斯住上三个月，会帮助他尽快恢复。”考虑到雄飞虚弱的身体，我不想再让他经历长途旅行。

M 太太激动地说：“您错了，如果您真的必须离开戛纳，那应该去霞慕尼住上三个月，这样才有意义。”

但是，霞慕尼离戛纳太远了。眼见雄飞这么虚弱，他不能再奔波劳累了，他需要马上好好休息。他的病体虚弱得有些可怕。他不想说话，只想躺着。是，躺着，躺在床上，躺在躺椅上，然后就……

“那我们还是去问问大夫，应该到哪里去疗养。不要像格拉斯这么近，也不要像霞慕尼那么远。”最后，我只能这样说。我自己也不知道，怎样做才对。

我们再次去找大夫。大夫说：“如果您不想走远路，那么可以考虑去圣热尔韦。那儿是山区，但海拔不高，算得上是非常安静的疗养地。到那儿去吧，租上一个带厨房的房间，自己做饭。”

“好，我们就去那里。无论如何，我们都不能继续待在这里了。等雄飞康复，我们还是要回巴黎去的。”我们就这样决定了。

我曾那么高兴地盼望着来法国南部旅行，盼望着见到夏日海滩，可是现在，我的喜悦就这样干脆直接地中断了。我已经自学了用十指在打字机上打字，还练习了游泳，并学会了仰面浮在水面上。我的皮肤晒成了古铜色，当我穿上那件橘红色的长裙出去时，会引来众人艳羡的目光。可惜，仅仅过了十五天，这一切就都结束了。后面的日子，只有老天的泪水，还有一颗流血的心。

我们必须离开戛纳。

第十三章

那刻，我却在逛集市

M 太太和萨沙送我们夫妻俩到戛纳火车站。她祝愿，雄飞尽快康复，也希望我能够坚强。

离开戛纳是遵医嘱，我希望能尽快到圣热尔韦。说是尽快，不过是我的愿望而已。由于雄飞虚弱无力，我们中途需做停留。当我们到达里昂时，雄飞已经开始发烧了。两天后，我们才终于抵达圣热尔韦，这里的确是一个很美的地方。我们住进旅馆时，雄飞已经精疲力竭，高烧不退。让他这么疲劳地长途旅行，决非我的本意。我知道他的身体经受不住这劳顿，所以最初只想带他去格拉斯，可是 M 太太竟然反对——或许她这样做是出于怨气，因为我们不再继续住在她那儿？然后，大夫就让我们到圣热尔韦来，可是这旅途整整花了我们两天的时间。我把雄飞一个人留在旅馆里，自己简单吃了午饭，然后直接去了旅行社，想找找有没有出租的小公寓或者带厨房的房间，好租上三个月住。大夫说过：“或许三个月就够了。”三个月后，暑假也结束了，我们就可以回巴黎，继续准备我们的博士论文，考取博士学位，结束学业。我当然希望能够如期完成计划，所以准备只租三个月。但是房间一定要有个厨房。

我想要亲自给雄飞做饭，给他补充营养。

在旅行社，我对办事人员说：“我想租一套小公寓或者一个房间，要配有厨房，租期为三个月。有合适的吗？可以把地址告诉我吗？”

“两个人住吗？”

“是的，我，还有我先生。”

“两个人都没有任何疾病吗？”

这个问题犹如一根刺，扎在我的心上。我该怎么回答呢？讲实话还是说假话？不，我还是说实话吧：“我先生在生病。”

“什么病？”

又是一根刺，扎在我心上。我该怎么讲？撒谎还是诚实告知？算了，还是说实话吧。

“肺结核。”

“我的老天！是传染性的吗？”

“是的。”

“上帝啊！圣热尔韦是儿童疗养地，只限儿童！您怎么可以带着您那有传染病的先生来这儿，并且还想住下来呢？上帝啊，你们必须马上离开圣热尔韦！”

我站在那里，瞬时僵化了，没有任何感觉，心也变得如石头一般僵硬：“可是，是大夫让我们来这儿的！”

“哪个大夫让你们来的？大概他自己也搞不清楚吧，算你们倒霉。但是，你们还是不可以留在这里，你们赶紧离开圣热尔韦吧。”

“或许还有其他办法？非得要我们离开吗？我的先生很疲劳，他真的不能继续旅行了。您帮帮忙吧，或许您有其他办法来解决？”

“我都告诉您了，圣热尔韦是儿童疗养地，只接收儿童病人。您得去别处，去肺病疗养地。”

“去哪儿呢？霞慕尼吗？”

“对，就该去霞慕尼。”

我离开了旅行社，欲哭无泪。

我不能立刻回旅馆见雄飞，因为我没勇气对他说："我们不能留在圣热尔韦，得继续前行，去霞慕尼。"我走过一条又一条街，看到门口立着"空房"或"出租"牌子的人家，就上去按门铃，问人家是否有房出租。无论哪一家，都必提出一个同样的问题："您先生得的不是肺病吧？"

"不是，不是。他只是劳累过度，需要休养。"之前的经历已让我明白：如果我不这样回答，是绝对找不到住处的。我感觉自己像个偷偷摸摸做坏事的人。看来，我们还是得去霞慕尼。在那儿，至少我不必像个坏人那样遮掩自己的言行。

几个小时过去了，我的找寻一无所获，我们在这个城市及附近都租不到住处。我只得回到旅馆，向雄飞讲述了找房的经过。我们两个都很遗憾，戛纳的那个大夫没有及时获知，圣热尔韦根本不接收肺病患者。我们只得再次鼓起勇气，攒足力气，重新踏上旅途。坐在旅馆里，我俩都惶恐不安，生怕警察会来检查证件，然后把患肺病的雄飞驱逐出去。来到圣热尔韦，不是我们的过错。但是，雄飞却会因此遭唾弃，我得把他藏好了。

他还在发着高烧，根本不可能在近几天内出行。如果找一个大夫来给他看病，好像不够谨慎。毕竟，圣热尔韦不欢迎他的到来。到了吃饭时间，尽管体力不支，雄飞还是坚持去旅馆的餐厅吃饭，这样就不会因为与众不同而引起旅馆人员的注意。我劝他："人经过长途旅行，累病了，叫餐在自己房里吃是很正常的。没人会猜测你到底得了什么病。"但雄飞还是不想让自己过于显眼。他坐在饭桌前，其实全无胃口，他的眼神让我看了心疼。

两天后，我们抵达霞慕尼，那感觉就像两个犯人被发配到他们的归属地——监狱里。但是，在这里，我不必再像做贼一样藏着雄飞。恰恰相反，当我再出去找房子租住时，我可以坦率地讲："我先生得了肺病，需要营养丰富的食物和安静的环境来休养。"

我们到的第二天，就在很好的一家膳宿公寓那儿租到了一个房间。因为带厨房的房间不可能很快找到，所以我们暂时先住在这里。无疑，对雄飞的病情来说，霞慕尼是个合适的地方。它位于宁静的山区，林青木秀，空气清新。膳宿公寓提供一日三餐，餐餐都很丰盛。这里住满了房客。可是，那都是些怎样的房客！我相信，除了我，其他所有房客都有肺病。当然，他们都不会承认自己得了肺病，而是解释说，他们是来这儿疗养的。只有一个人说，他很多年前曾经得过肺炎。公寓老板娘很理解她的房客们，从不多问，只是为大家推荐熟识的大夫，提供好吃又健康的饮食。

我们总算暂时得到安宁了，雄飞无须发着高烧继续旅程，而我也不必像个坏人一样，带着雄飞东躲西藏。我们静下心来，开始思索，雄飞到底是怎么得上这病的。是因为疲劳过度，还是被别人传染的？雄飞回想着说："我坐洲际火车时，旁边坐着一个德国传教士。他曾在中国生活多年，得过肺病。因为我自己没带水杯，便和他共用一个茶杯喝茶。或许，我就是那时候被传染的？但是那个传教士说，他早就痊愈了。"

"哎呀，你太不小心了。怎么可以与陌生人共用一个杯子喝水！"我郁闷地说。可是，现在再找病因有什么用？我们只能希望雄飞能康复。

雄飞的病情时好时坏，上门问诊的大夫总劝说我们："您要有些耐心，只管安心静养。毕竟，没有比新鲜的空气和健康的饮食更好的药物了。"

"我们三个月后可以回巴黎吗？"我问大夫，"我们是大学生，还得上学呢。"

"这个，我现在不好说。等等看吧。"大夫回答。

膳宿公寓位于临街一个美丽的山坡上，房前屋后都是大片的草地。草地上有很多奶牛，脖子上挂着铃铛。铃铛随着奶牛的活动发出叮叮当当的声音，让安静的山区灵动起来。这令我想起瑞士的一个小地方，我和雄飞曾在一个晚上到那儿，并在那里的一家旅馆过夜。那个地方到处都是大片的绿草地，草地上的奶牛或站或躺，它们脖子上的铃铛发出的声音此起彼伏，就像一个交响乐队在演奏。第二天早上我们离开那里时，还曾拍照留念。

这里的风光虽无法与那个瑞士小镇相媲美，但这铃铛声却是那么相像，给了我几多安慰。

膳宿公寓的老板娘有着极佳的厨艺，但是我仍然想，如果能够自己做饭的话，或许饭菜会更健康，更易消化。大夫不也建议，让我自己做饭吗？我一定要租到一个带厨房的房间！下午，雄飞休息时，我就一个人，走过马路，穿过草地，越过山丘，想要租到带厨房的房间。功夫不负有心人，我得到了几处地址，然后按照地址寻去看房。找到地址上的那些房子，一点儿都不容易，它们全都位于比较偏僻的角落。等我到了那里，已经很累了。我环顾四周，除了房子，只看到草地和森林。我到哪儿去采购呢？我清楚，拖着两条无力的双腿，我无法再走更远去找市场，尽管我还想去找。当我绝望地穿过草地时，突然感觉到秋天的气息。一股巨大的寂寞感吞噬了我，我沉陷在草地中，如同陷进自己无尽的悲伤中。当我在草地上遇到一头牛时，还有些高兴——或许这附近有人居住？可是，人们和这牛一样，都不会懂得我的哀伤。不过，至少牛脖子上的铃铛声给了我些许慰藉。

经过几天徒劳的奔走找寻，我只得放弃自己做饭的念头。在这儿找到一个合适的房间，是根本不可能的。幸好，膳宿公寓的饭菜依然美味可口。

八月底了，雄飞的身体也好些了。他可以在下午和我一起去散步，当然不能走太远。我们慢慢地沿着马路往城里走，然后坐在一家面包店里，一起喝茶吃蛋糕。入口的蛋糕很香甜，也就在这一刻，我的生活终于又有了一丝甜蜜。我已经有很久不曾体味这种甜蜜，人之不苦，我之甜蜜。

返回公寓的路上，我们坐在马路边的长凳上，注视着那一片草地，还有草地上的那一头头奶牛。它们脖子上挂的铃

右图：我环顾四周，只看到草地和森林。

铛响啊响，叮叮当当的声音抚慰了我。

一天，公寓老板娘为她的房客们组织了一次巴士游，目的地是帕西。雄飞想参加，我虽然不赞同，可是他不想让自己显得特别，因为除了一个重病号，公寓里的其他房客都要去。帕西有一家肺病疗养院，据说是全法国最好的，我们去参观这家疗养院。说是疗养院，其实不过是一个塞满了肺病患者的隔离之地。除了几个大夫，其他所有雇工，从搬运工到厨师，都曾是这里的病人。疗养院的接待人员带我们参观了很多部门，例如实验室、挂号处，甚至还有镭元素的发现者——著名的居里夫人去世时停留的房间。“居里夫人被送到我们医院来，完全是个误会。她本来得的不是肺病。”接待人员解释说。

这次活动后，雄飞的病情又有些恶化。

渐近九月底，天气开始变凉。离开巴黎时，我们只随身带了些夏天穿的薄衣，因此，我琢磨着，要自己买布剪裁，给我们缝制暖衣。反正现在有大把时间，而且我还从没试过自己做衣服，我想照着样本尝试一次。我得先去买布。周日，霞慕尼城里会有个大集市。那儿的货品丰富，什么都可以买到。午饭后，雄飞如平日一样躺下休息，我独自去赶集。好大的集市！这里的商品琳琅满目，当然也有各式衣料。我边走边逛，顺着一排排、一个个的摊位，逐一逛着，找寻着。我喜爱逛集市。在阿尔克伊－卡尚时，每个周三我都会去集市上买水果和饼干吃。就算我什么都不需要，也乐意去集市看看，听听商贩们那此起彼伏的叫卖声。所以，今天来逛集市，我竟然有些喜悦。我已经太久没有和健康快乐的人们待在一起了！我走得很慢，左看看右瞧瞧。今天我有时间，逛了一圈儿后，我买了块羊毛布料。拎着包好的布料，我慢悠悠地返回膳宿公寓。

回去的路多是上坡，我走得很慢。离着很远，我就看见对面有一个人向我走来，那是公寓里的重病号A小姐。A小姐极少会在周日的下午出门进城。难道出什么事了?！等我们相互走近了，我微笑着向她打招呼，没想到她却满脸怒意，气呼呼地质问我："您上哪儿去了?"

"我去逛集市。"

"您先生刚刚心脏病发作，您赶快回公寓去看看他吧。我跑出来就是专程来找您的。"A小姐本想再说些什么，但最终还是忍住了。

就好像一盆凉水顺着头浇下，也好似一把刀扎在我的心上。"他现在怎么样了?"我一边着急地问，一边撒腿往公寓跑。

“他好一些了。”A 小姐的回答声在我身后飘散。她的话可信吗？她那愤怒的表情下，好像还掩藏着许多不吉利。雄飞现在是生，还是死？而我刚才竟然还在集市上闲逛！或许 A 小姐没有告诉我真相？她脸上那鄙夷的神情明明是在说：“您先生弥留之际，您竟然在逛集市！您为什么非得这个时候在集市上闲逛？！”

是啊，我为什么非得要在这时候去集市上呢？！我疾步向公寓走去，内心感到无比恐惧。踏进我们的客房时，我的心脏怦怦直跳。雄飞此刻是死，还是生？在楼梯上，我碰见公寓老板娘。我急急地问她：“我先生怎么样了？”

“谢天谢地！他又缓过来了。”老板娘答道，“他先前心脏病发作，症状同我八十岁的老母亲发病时一样。她也是在这个时节犯病的，我估计是天气原因。我们已经叫了个护士来，她及时给您的先生用了药，现在他已经安定下来了。”

真是谢天谢地！她肯定不会骗我。我走进房间，看见雄飞躺在床上，脸色苍白。我坐在了床前，雄飞紧紧抓住我的手，说：“太好了！你又回来了！刚才我还以为，自己真的会死去，而你却不在我身边！”

我安慰他，然后问，事情具体是怎样发生的。他说，一切都发生得很突然。先是他的心脏快速而有力地跳动，紧接着，他的手脚就变得冰凉。因为是周日，公寓里的专职大夫没上班，他们就赶快叫了医院的护士来进行抢救。护士来得迅速而及时，她把一个暖水袋放在雄飞的脚上，并给了他几滴药水来减缓心脏的跳动速度。就这样，慢慢地，雄飞就又缓过来了。

雄飞告诉我："一切多亏了那个护士小姐。明天，你一定要去找她，向她当面致谢。"唉，这一切发生的时候，我却在集市上闲逛，而且我还逛得不亦乐乎！我浑然不知，就在那时，这里差点就酿成一场灾难。当我在集市上找寻布料时，雄飞的心脏差点停止不动。如果这灾难真的发生，我买完布料回到房间后，看到的就只能是雄飞那张已经没有生气的脸，就如当年李英的脸一样，想想我就后怕。感谢苍天，最终有惊无险。

傍晚时分，大夫来了。他开了张处方，让我去药店买药。当我在药店取了药往回走时，暮色已深，路上空无一人。天地间只有我孤独一人。不管天黑还是天亮，我必须要孤独前行。此刻，我不仅是远离故乡，远离亲人，也远离巴黎，远离我的同学们。我找不到任何人，可以向其诉说。当雄飞回国处理婆婆去世的后事时，我说服自己，要坚信他会很快回巴黎，我只是暂时独居而已。可是，眼下，我不知道自己会不会永远失去他而孤独终老。我害怕离开雄飞，哪怕只是一小会儿。什么都有可能发生！生活就是如此粗暴残忍！当雄飞一个人受罪时，我却在逛集市。当雄飞在公寓命悬一线时，我竟然在集市上逛得很尽兴！我绝对不能再离他左右，我要赶快回去，回到他的身边去。

晚上，我把在集市上买回的布料拿给雄飞看。

几天后，暖和的衣服缝好了。只是，从那晚后，我再也没有去集市上。

第十四章

天南地北

A 小姐这人并不坏，她只是比较容易激动。她住在我们对面的房间里。第二天，我去找她道谢。她因为病得厉害，所以经常不去餐厅和大家一起就餐，她需要多多卧床休息。每次我去拜访她时，她都在床上躺着。她面色苍白无光，黑黑的眼圈好似两个青苹果。看见我，她很高兴。像其他重病患者一样，很少会有人来看望她。她请我坐在床前的空椅子上，她再也沉默不下去了，开始告诉我她的病史，更准确地说，是她的爱情史。她找不到人讲这些事情。

“您知道吗？我得的是不治之症。我已经来这儿疗养过三回了。有时好，有时坏。我订过婚。我很爱我的未婚夫，他是一个非常出色的男人。我们曾经很幸福，直到我得了这该死的病。然后，他就不爱我了，至少我这么感觉。两年前我得了这病，时间过得可真快。他几乎都不来看望我。生活就是这样，谁生病了，谁就会被生活所抛弃。我估计，我最多还能活个一年两载。可是我真的很爱我的未婚夫，我想去看看他。过两天，我就坐车去找他，我要让他再见一次健康的我。他不该把我完全忘记。”

当她同我诉说时，她的眼睛渐渐湿润。她给我一种好像活不长久的印象，她看上去气色极差。可是，我还是安慰她：“您可千万不能这么想。您会好起来的。您要有耐心，相信只要安心静养，肯定能痊愈。您该多想些开心的事情，不要总惦记着那些令您伤心的事儿。总是伤心伤神，不利于您的身体康复。等您的病全好了，您的未婚夫一定会重新爱您的。您家在哪儿？您的父母是哪里人呀？”

她又哭泣起来：“我的父母肯定也爱我。可是，自从我得病后，他们也渐渐失去了耐心，我这病耗费了他们太多的时间和金钱。相信我，这一切都没有用，我这病肯定是治不好的。唉，我现在只想去找我的未婚夫。只要能和他一起再过两天幸福的日子，我也就死而无憾了。我的父母也会从此得到解脱。”

告别时，她请求我有时间再找她聊天，我答应了。后来，她果然离开了两天，等她再回到疗养院时，那两个绿苹果似的青眼圈依然清晰可见。

A 小姐并不是一个多愁善感的女子。每当她病情好一些时，她也会到餐厅就餐。饭后，她会轻声吟唱："如果你愿意，我会在这寒冷的冬日里陪伴着你，让燃烧的炉火温暖着你我。"伴着她的歌声，小小餐厅的气氛一下子活跃了起来，其他房客也不再低垂着头，苦苦发呆。

很快就到十月底了。霞慕尼的天气变得冷了起来，疗养院的房间里开始供暖。屋外雪花飘飘，我凭窗而坐，想着心事：我得回巴黎一趟，取些冬衣。另外，还得把未写完的论文和其他学习资料也带回来，之后就真的像 A 小姐的歌里所唱："如果你愿意，我会在这寒冷的冬日里陪伴着你，让燃烧的炉火温暖着你我。"我们已经失去了三个月的时间，可是，只要雄飞能痊愈，就算牺牲六个月，我也在所不惜。

雄飞不同意我的想法。现在，他的身体的确是好些了。他认为，我们应该一起回巴黎，在那里接着写毕业论文。这样，别人就不会察觉他在过去的这三个月里所遭遇的不幸。

雄飞决定离开霞慕尼，大夫准许了，但还是叮嘱说："回去后，您要继续注意饮食的营养，要充分休息。”

我们计划回到巴黎后，租一小间公寓，以便我们有家的感觉，当然还有那久违的清净。我要亲自为雄飞做可口营养的饭菜，这应该不成问题。这会是个很不错的计划，如此一来，到了巴黎，雄飞也会感觉轻松一些。

十一月初的一个清晨，阴暗的天空下，雪花飞舞。我们坐上了火车，向着巴黎疾速前行，身后的霞慕尼很快就被一米厚的大雪所覆盖。

我们坐在返回巴黎的火车上。在那里，我们曾安静无忧地生活了两年，之后，这段平静的生活因婆婆的去世被打破。我该为返回巴黎而欣喜吗？熟悉的巴黎、充实的学业、久违的国家图书馆和同学们，还有日常生活里的处处生机，我怎么会不欢喜呢？我不要再想起戛纳，不要再想起 M 太太，更不愿再回忆霞慕尼，那只是一个噩梦而已。我也不愿想起婆婆，她已不在人世。但是，雄飞还在我身边陪着我，我们将一起回到蒙苏里公园路，在那里租一间配备厨房、浴室，带家具的小公寓。经过多年漂泊，从北平到巴黎，从巴黎到北平，然后又从北平回到巴黎，我们终于有了一个自己的家。大夫说过，雄飞会好起来的。我愿意亲手为他做羹汤。

我每日打扫房间，买菜烹制美味佳肴，绝对算得上是一个能干的主妇。我去市场挑选膘肥肉嫩的母鸡，新鲜的猪牛羊肉，水灵灵的瓜果蔬菜，然后满意地拎着沉甸甸的两兜子食材回家。下午，我会像从前一样，去国家图书馆学习。晚上，我在家里用打字机做功课。我们也会邀请同学来家里做客。健林的照片挂在墙上，多么幸福的家庭，谁能不羡慕我呢？可是，他们中无人知晓雄飞的病情。他们夸奖我的厨艺，欣赏我完美的打字，称赞我的儿子，可是我自己却不敢相信这近在咫尺的幸福。

雄飞去大夫那儿体检，结果大夫建议他再去山里疗养。巴黎的都市生活并不利于他身体康复，我的精心烹饪也没起太大作用。

体检后的那天下午令我终生难忘。我们一起商讨今后的计划。"我不想读博士学位了，"我说，"我毕业答辩的日期排在你的前面，所以，你可以代我去考这个博士头衔。我写的论文给你拿去用。你去山里疗养，三个月后回来参加答辩。答辩后，我们就一起回中国。"

对于山区、白雪，还有外国，我蓦然心存恐惧。我现在唯一希望的就是，我和雄飞能够平安返回中国。西山的空气，家乡的美食和风景，肯定能帮助雄飞尽快康复。母亲说得没错，我没那么多精力读取博士学位，那本来就是男人的事儿，我不再渴求得到它了。可是，雄飞极力反对我的想法，他不愿接手我的论文。而无论是金钱还是时间，又都不允许我们两个人一起去山区，并在那之后去考试答辩，双双获得博士学位。经过反复讨论，我们最终达成一致：雄飞独自去瑞士蒙大拿山区的一家很好的疗养院休养，而我则留在巴黎，完成我的博士论文。

一切就这样发生了。我们才从霞慕尼回到巴黎两个月，就又要各奔东西。两只小鸟离开刚刚搭好焐暖的小巢，一只飞去瑞士的蒙大拿山区，一只飞入巴黎的先贤祠酒店栖息。这家酒店坐落于巴黎拉丁区先贤祠广场上，我在顶层的五楼租了一个小房间。这非我所愿，可是我不得不承受。在这个小屋里，我觉得自己就像一只失去故巢的小鸟。外面的天地广阔自由，可是我却惮于飞出去。我害怕风吹雨打、电闪雷鸣，害怕冰天雪地，更害怕那孤独寂寞。我已经不会飞翔，我不再是那个自由的巴黎女大学生，可以神采飞扬地穿梭于圣日耳曼区。我也不再如那根飘荡的丝线，坐在卢森堡公园的长椅上，观赏着同花朵嬉戏的阳光。我自觉迷失了方向。

我后悔，当初婆婆去世时，没有和雄飞一起回国。他千辛万苦回到我身边，就是为了让自己身染重疾，不久于人世吗？不！绝对不可以！他一定得痊愈！他必须要康复！我还想要和他一起返回中国呢。

夜里，我常常梦见死神。他追问雄飞的去向，到处找寻他的踪迹。我声嘶力竭地大喊："他不是强盗！他会好起来的！"我的忧伤日益加深，它深深地扎根在我的心底。

巴黎的夏天就要来了。我自己躲藏在小屋里，缅怀过去：我们从北平而来，自巴黎而去；从因北平西山的月琴声而相识，到里昂火车站的分别，我生命中和这个男人共同的篇章就此要画上句号了吗？这个当初在西山弹奏月琴而吸引了我的男人要离我而去吗？不，他一定要痊愈！必须痊愈！我们还有健林——我们的儿子。他会健康成长，会敬爱他的母亲。可是，我依然像一只失去故巢的小鸟，藏在小屋里瑟瑟发抖。外面会有风吹雨打，电闪雷鸣，小鸟没必要飞出去。我让自己沉浸在黑暗里。

尽管每日经受着黑暗、孤独、悲伤和自我迷失的情感折磨，我依然完成了毕业答辩，拿到了索邦大学的文学博士学位。考试结束的当天，有一些同学向我祝贺，可是我却一点儿都不开心。

又过了一年，我在国外的唯一一个愿望也终于实现：雄飞痊愈了，他也完成了他的博士论文答辩。我们两个一起经美国和日本返回中国。九月二十二日，我们抵达天津港。十年前，在九月二十一日，我们一起离开天津港，经由上海留洋到法国。

什么都抵不上命运的安排，过去的十年恍如一梦。算命先生早就预知了我的幸福不过十年，我该相信吗？老天真的要这样对我吗？十年已过，恰恰十年，命运就重重打击了我，最终让雄飞和我分道扬镳，一个在天南，一个在地北。天南地北，各守一方。

“该结束了，很快就结束了。”那号声到底还是要传达这个意思。“十年幸福。”那算命先生也说准了。十年恍若一梦！但它却留给我此生最宝贵的记忆！

那个弹奏月琴的人啊，

你的一曲，

让我坠入幻境。

十年匆匆，

十年幸福，

十年恍如一梦。

那个弹奏月琴的人啊，

你的琴声不再响起，

跳动的音符已深深刻印在我的心底，

刻印在我的生命里。

让我如何不相信命运啊，

天南地北，

你的一曲，

永存记忆。

图书在版编目（CIP）数据

十年幸福 / (德) 周仲铮著；卢居琴译. -- 北京：中国少年儿童出版社，2020.1
ISBN 978-7-5148-5649-1

Ⅰ.①十… Ⅱ.①周… ②卢… Ⅲ.①长篇小说-德国-现代 Ⅳ.①I516.45

中国版本图书馆 CIP 数据核字（2019）第 214079 号

著作权合同登记　图字：01-2019-0394

SHINIAN XINGFU

出版发行：中国少年儿童新闻出版总社
中国少年兒童出版社

出　版　人：孙　柱
执行出版人：郝向宏

责任编辑：汪　可　　装帧设计：李　东
版权引进：杨　靓　　责任校对：刘成聪
责任印务：厉　静

社　　址：北京市朝阳区建国门外大街丙 12 号　　邮政编码：100022
编 辑 部：010-57526286　　总 编 室：010-57526070
发 行 部：010-57526568　　官方网址：www.ccppg.cn

印刷：河北新华第一印刷有限责任公司

开本：880mm × 1230mm　1/32　　印张：6.375
版次：2020 年 1 月第 1 版　　印次：2020 年 1 月河北第 1 次印刷
字数：130 千字　　印数：6000 册

ISBN 978-7-5148-5649-1　　定价：45.00 元

图书出版质量投诉电话 010-57526069，电子邮箱：cbzlts@ccppg.com.cn